MURAKAMI HARUKI WA MUZUKASHII by Norihiro Kato
ⓒ 2015 by Norihiro Kato

First published 2015 by Iwanami Shoten, Publishers, Tokyo.
This Korean edition published 2017 by Hansol Soobook, Seoul
by arrangement with the proprietor c/o Iwanami Shoten, Publishers, Tokyo.

무라카미 하루키는 가토 노리히로 지음 ― 김난주 옮김 어렵다

 책담

차례

자석이 작동하지 않는 세계에서

어둠 속으로

일러두기

1. 본문의 인용문은 옮긴이가 이 책의 원서에 쓰인 것을 번역한 것이다.
2. 저자가 강조한 부분을 밑줄로 표시했다.
3. 중·장편 소설과 단행본은 《 》로, 칼럼, 영화, 노래, 단편 소설 등은
   〈 〉로, 신문과 잡지 등의 정기간행물은 「 」로 표기했다.
4. 옮긴이 주는 각주로 정리했다.

야구모자를 쓴 문학?

하루키의 기묘한 고독

이 책에서 나는 무라카미 하루키가 달성한 문학의 실질을 가늠해보고자 한다. '뭘 그렇게 당연한 것을'이라고 여길지도 모르겠다. 하지만 나로서는 진지하다.

나는 왜 지금 이런 글을 시도하는가?

무라카미 하루키가 등장한 후 기존의 문학적 독자(순문학 독자)와는 다른 일반 독자층이 그의 문학을 뒷받침했다. 소위 문학계에서는 그의 인기를 장기간 경시하는 풍조가 지속되었던 것이다.

지금 생각해보면 《양을 둘러싼 모험》, 《세계의 끝과 하드보일드 원더랜드》,《노르웨이의 숲》이라는 전기前期 3대 장편 걸작이 발표된 1982년에서 1987년에 이르는 5년 동안, 그는 과거 나쓰메 소세키와 다자이 오사무를 비롯한 몇 명의 작가에게서나 볼 수 있었던 놀랍고도 폭발적인 문학적 성취를 보여주었다. 그러나 그런 때에도 그는 여전히 소수파에 머물렀다.《노르웨이의 숲》은 출간된 지 불과 몇 년 사이에 350만 부를 넘는 미증유의 베스트셀러가 되었다. 그럼에도 그는 여전히 기존 문학계로부터는 대중이 좋아하는 베스트셀러 작가라는 '억압의 구조'에서 자유롭지 못했다.

이는 당시 집요하게 비판의 선봉에 섰던 자들이 '문단' 내 전통적인 문학자들이 아니라 개혁파로 간주된 오에 겐자부로, 가라타니 고진, 하스미 시게히코 등의 소설가와 평론가였다는 사실과 무관하지 않으므로 하루키 문학의 혁신적인 면모를 말해주는 것이기도 했다. 하지만 소설가 무라카미 하루키의 고립은 가중되고 말았다.

1979년 데뷔 당시,《바람의 노래를 들어라》의 아쿠타가와상 심사에서 문단의 원로 작가 다키이 고사쿠는 "번역된 외국 소설을 과도하게 읽고 쓴 것처럼, 세련되지만 버터 냄새 나는 작품"으로 평하면서 반대표를 던졌다. 그로부터 수년이 지나 무라카미 하루키가 완벽한 베스트셀러 작가가 된 1987년 즈음에도 오에 겐자부로, 가라타니 고진, 하스미 시게히코 등 반反

문단적 전후 문학자들과 포스트모던기의 평론가들은 그의 문학을 반대하고 나섰다. 오에 겐자부로의 무라카미 비판론 〈전후 문학에서 오늘의 궁지까지―그 기간을 경험한 자로서〉가 1986년에, 가라타니 고진의 〈무라카미 하루키의 '풍경'〉과 하스미 시게히코의 《소설에서 멀리 떨어져서》가 모두 1989년에 발표되었다.

이 경향에 변화의 조짐이 나타난 것은 1989년 《양을 둘러싼 모험》의 영역판을 시작으로 《세계의 끝과 하드보일드 원더랜드》, 《태엽 감는 새》 등이 해외에서 널리 번역되면서부터였다. 그리고 그 인기에 불이 붙어 40개국이 넘는 나라에서 번역본이 쏟아져 나오자 무라카미 하루키는 세계에서도 손에 꼽히는 인기 소설가로 군림하게 되었다. 해외에서의 인기몰이에 화답하듯 국내에서도 그를 부정하고 경시하는 풍조가 모습을 감추었다. 2000년대 후반 이후 급기야 노벨상 후보 작가로 거론되고부터는 일본 내에서 확고한 톱의 위치를 차지하게 되었다.

그런데 이 시점에 하나의 공전이 생겨났다. 이 시기를 분기점으로 무라카미가 기묘한 고독 내지는 고립을 선택한 것이다. 기묘하다고 하는 까닭은 그 고립에 문학적 근거가 보이지 않기 때문이다. 1995년 이후로 그는 사회를 등진 소설가가 아니었다. 적극적으로 사회에 대해 발언했다. 지진 피해를 입은 고향 아시야에서 작품 낭독회를 갖는가 하면, 2009년 예루살렘상과 2011년 카탈루냐 국제상 시상식에서의 연설, 또 2012년 센카쿠 열도 문제를 둘러싼 발언 등이 그랬다. 그러나 문학계에서의 태도는 변함이 없었다. 일본의 소설가이면서 다른 일본 소설가들과는 접촉하지 않았다. 그리고 그 고립은 필연적인 요인이 없는 탓에 스타일리시하고 취미적인 것, 근거가 박약한 것으로 치부되었다.

한편 이와 유사한 어중간함과 공전은 그를 배제한 일본 문학계에서도 나타났다. 지금 일본 문학계는 그를 배제할 이유가 없어 두 팔 벌려 맞이하려 하지만, 이는 무라카미 작품의 문학적인 힘에 의해 종래의 사고방식과 문학적인 가치 기준이 달라져 일본 문학계 스스로가 변화한 결과가 아니었다. 요컨대 패기를 잃은 일본 문학계 전체가 무라카미 작품의 인기와 상품성에 무릎을 꿇은 것이라 하겠다. 불만을 품었던 무리들이 투덜거리면서도 승복한 것이다. 이 때문에 무라카미의 작품이 정말 국내외의 다른 고급한 문학 작품과 어깨를 나란히 할 수 있는 힘이 있는지, 있다면 그것은 어떤 힘인지를 따져보는 문학적 견해의 나눔의 '장', '기회' 또는 그 '권위'가 사라지고 말았다.

이는 절반은 비평의 후퇴를 의미한다.

그 탓인지, 최근에는 무라카미 하루키를 오래도록 평가해온 나 같은 사람도 기묘한 압박감을 느낀다. 그를 거리낌 없이, 부담 없이 비평하기가 어렵다. 고모리 요이치처럼 일관적으로 무라카미를 비판해온 강수도 있지만, 대부분의 비판자들은 현재 비평성을 확대하면서도 방관자, 해설자의 위치로 내려앉고 말았다. 예를 들면 가와무라 미나토나 시미즈 요시노리처럼.

근년에 나는 무라카미에 대한 혹독한 글을 세 편 잇달아 썼다. 그러나 한 편은 신문사에서 게재하기를 거절했고, 두 번째 글은 조그만 잡지에 실리고 유사한 내용의 글이 영자 신문에도 실렸으니 게재를 거부당하는 문제는 발생하지 않은 셈이다. 나머지 한 편인 신문 서평 역시 담당자로부터 표현이 '가혹하다'는 조심스러운 의견이 있었다. 글을 쓴 사람으로서는 의도적으로 배치한 과격한 표현을 순화해달라고 암시하는 의견이 아닌가 싶었다.

지금은 모든 미디어가 무라카미에 대해서는 예민한 반응을 보인다. 무라카미는 이른바 '공기 번데기' 같은 문학 외적인 장치에 의해 보호받고 있는 것이다. 무라카미 자신 역시 그렇게 과보호 속에서 나약해져, 해외 미디어의 취재에는 응하지만 국내 미디어와의—대등한—관계는 외면하고, 다른 소설가와의 대담 등에도 응하지 않은 지 25년이 넘었다.

현재 무라카미 하루키에 관한 대부분의 언급은 왜 이렇게 일본 내에서는 물론 해외에서도 인기를 얻고 있는지 그 성공의 비결을 궁금해하거나, 이와 병행해서 그의 성공을 본받고 싶어 하는 형태로 다채롭게 펼쳐지고 있다. 해외의 논평을 포함해 무라카미는 지금 문화를 논하는 데 있어 절호의 소재이며 지론을 전개하는 데 있어서도 좋은 화제를 제공하는 인물이다. 그런 유의 지면에서 그의 본질은 문화의 상징이며 그의 작품의 본질은 상품이다. 이에 반해 그의 문학적 성취 등의 기본적인 사항을 논하는 글들은 볼 수 없게 되었다.

그의 작품을 읽지 않는 사람들

얼마 전에 이런 나의 감상에 박차를 가하는 사건이 있었다. 아시아의 여러 나라, 특히 중국과 한국 등의 유교 문화 국가에 일본과 마찬가지로 지식인 문학과 대중 문학이란 분류가 있다는 것은 나도 약간 알고 있었다. 그런데 그런 나라에서 무라카미에 대한 평가가 대중으로부터는 압도적인 반면 지식인이나 문학 관계자들처럼 고도한 독자층에서는 참담하다는 것을 어떤 자리에서 당사자들에게 직접 들어 알게 된 것이다.

2010년 8월, 중국이 일본으로부터 GDP 부문에서 세계 2위 자리를 빼앗았다. 9월에는 센카쿠 열도(중국명은 댜오위다오) 부근에서 중국 어선과 일본의 해상보안청 순시선이 충돌하는 사건이 벌어졌고, 이를 계기로 일본과 중국 사이의 긴장감이 일거에 높아졌다. 그리고 2011년 3월 동일본 대지진을 거치면서 일본 사회에 불안감이 증폭되었고, 이어 2012년 당시 이시하라 신타로 도쿄도지사가 센카쿠 열도의 도유화都有化라는 도발적인 구상을 발표하기에 이르렀다. 민주당 정권은 이를 억제하기 위해 안이하게 국유화를 주장했고, 이 움직임에 대해 중국 정부가 강경 노선을 취해 중국 내에서 반일 시위 행렬이 이어졌다. 대도시의 서점에서 일본 소설의 번역본이 일제히 사라졌다는 보도가 있었고, 비슷한 시기에 일본과 한국 사이에서도 독도를 둘러싼 대립이 극렬해지는 바람에 동아시아 여러 나라들 간의 긴장이 조장되어 세계의 이목이 쏠렸다.

국제 상황이 긴박했던 이 시기, 2012년 9월 28일 무라카미 하루키는 「아사히신문」에 내셔널리즘에 대한 도취를 "싸구려 술의 취기"라고 비난하면서 보다 깊은 교류를 호소하는 〈혼이 오가는 길〉이라는 제목의 글을 발표했다. 이에 화답해 10월에는 중국의 유력 소설가 옌롄커가 쓴 글이 미국의 「인터내셔널 헤럴드 트리뷴」에 영역되어 실렸고, 아사히신문사에서 출간하는 주간지 「아에라」에도 일본어로 발표되었다.

이 사건과 그 후 분쟁의 심각화, 더 나아가 일본 국내에서 고조된 헤이트 스피치 등 외국인을 배척하는 새로운 움직임의 부상을 논하기 위해 2012년 말 와세다대학은 '동아시아 문화권과 무라카미 하루키—월경하는 문학, 위기 속의 가능성'이라는 제목의 국제 심포지엄을 기획해 2013년 말 개최하기에 이르렀다.

종합사회자는 과거 편집자로서 무라카미 하루키를 대상으

로 장대한 인터뷰를 시도했던 소설가 마쓰이에 마사시였다. 일본에서는 나를 포함한 몇 명, 중국에서는 그 전해에 무라카미의 글에 화답한 소설가 옌롄커와 무라카미 작품의 번역가 시샤오웨이(상하이 산다대학), 한국에서는 《세기말과 나쓰메 소세키》와 《한국의 일본 문학 번역 64년》 등의 저작물로 알려져 있는 윤상인(서울대), 미국에서는 현대 일본 문학의 번역, 《겐지 이야기》의 전파론 등으로 주목받고 있는 마이클 에머리치(캘리포니아대학 로스앤젤레스 캠퍼스) 등이 참가했다. 무라카미 하루키와 현재 부상하고 있는 동아시아 문화권의 의의에 관해 다양한 논제를 놓고 대화가 오갔는데, 그 자리에서 이 동아시아의 문학자들과 지식인들이 무라카미 하루키를 어떻게 평가하는지 그 실상을 접하고 나는 큰 충격을 받았다.

그 실상이란 '무라카미 하루키가 거의 읽히고 있지 않다'는 것이었다. 물론 평소 문학 작품 따위는 거의 읽지 않는 젊은 독자에게는 널리 읽히고 있다. 따라서 한편에서는 '대인기'를 끌고 있지만 다른 한편, 즉 전문적인 독서인, 지식층, 문학자에게는 거의 읽히지 않을뿐더러 받아들여지지도 않거니와 나아가 '존경'받고 있지도 않다.

예를 들면 일 년 전 무라카미에게 화답했던 옌롄커는 솔직하고 명랑한 기질의 호인으로, 자신은 아베 코보나 오에 겐자부로, 엔도 슈사쿠와 가와바타 야스나리를 좋아하고 또 작품도 읽지만, 사실 무라카미 하루키의 작품은 읽어본 적이 없다고 태연하게 말했다. 나는 내 귀를 의심했다. 그는 중국에서 루쉰 문학상을 두 번이나 수상했으며 그 작품들이 여러 나라에서 번역되었고 그중 한 작품은 맨부커 국제상 후보에도 올랐던 작가다. 중국에서의 다른 이름은 '발매금지 작가'다. 일부에서는 다음 중국인 노벨 문학상 수상자는 이 작가가 될 거라고 할 정도이고, 이 심포지엄 후 2014년 5월에는 무라카미 하루키에 이어 아시아권에서 두 번째로 프란츠 카프카 문학상을 수상하기도 했다. 그런 소설가가 무라카미의 작품에 관심이 없다고 할뿐더러, 무라카미 하루키는 중국 문학자들에게 존경받고 있지 않다고 말한 것이다.

자신이 무라카미의 글에 답해 2012년에 짧은 글을 발표한 것은 예루살렘상 수상 연설에서 이스라엘을 비판하고 국경 분쟁에서 보인 싸구려 내셔널리즘을 비판하는 등 사회적인 문제에 과감하게 발언한 무라카미의 용기에 감명을 받아서라고 했다. 즉 무라카미 하루키의 소설에 감동을 받아서는 아니었던 것이다. 이는 2006년 국제 심포지엄 '하루키를 둘러싼 모험—세계는 무라카미 문학을 어떻게 읽는가'에 참가해 무라카미의 소설에 큰 자극을 받고 있다고 하면서 무라카미 소설이 외국에서 지니는 힘을 일본 문학계에 대대적으로 알린 미국의 젊은 소설가 리처드 파워스와는 어지러울 정도로 격차를 보이는 태도였다.

런던 유학 시절 소세키의 경험을 라파엘 전파Pre-Raphaelites와의 관계 등에 비추어 참신하게 분석한 나쓰메론으로 산토리 학예상을 수상한 한국의 중후한 일본문학자 윤상인도 심포지엄 단상에서 자신은 무라카미의 좋은 독자가 아니라고 몇 번이나 강조했다. 이 심포지엄에 참가하는 것 자체도 망설였다고 했다. 그리고 그 역시 한국의 독서인, 지식인 사이에서 무라카미는 야구모자를 좀처럼 벗지 않는 소설가—늘 젊은 것을 좋아하며 젊게 치장하는—로 비쳐지고 있으며 작가가 어떻게 그럴 수 있는지 이해하기 어렵다는 말을 흘리는 동시에 적어도 한국 지식층 사이에서는 무라카미에 대한 존경이 없다고 단언했다.

오늘날 무라카미가 세계적인 인기 소설가임에는 아무도 토를 달지 않는다. 그러나 그런 현상이 그가 반드시 문학가로서 존경받고 있음을 뜻하지는 않는다.

기존 정형에 도전하기

무라카미에 대한 일본 내 평가를 거슬러 올라가 생각하면, 이는 놀랄 만한 일이 아니라고도 할 수 있다. 무라카미는 일본에서도 바로 얼마 전까지 그렇게 비쳐졌기 때문이다. 그럼에도 나는 충격을 받았다. 발언자들은 내가 보기에도 상당히 매력적인 소설가, 지식인, 학자이며 그들의 발언에서 진지함과 솔직함을 볼 수 있었기 때문이다. 이 이웃 나라의 고급한 작가, 학자, 지식인들은 과거 일본 지식층이 보였던 무라카미에 대한 부정적인 시각을 기탄없이 시사했다.

여기서 우리는 무라카미가 지금 어떤 새로운 정형으로 수렴되었는지를 엿볼 수 있다. 그런데 그 새로운 정형의 형성에 일본의 순문학 전통뿐만 아니라 무라카미 자신이 가세해왔다고 보이는 점이 문제를 더욱 골치 아프게 한다.

엔 씨도 윤 씨도, 무라카미라는 작가를 전통적인 일본의 순문학 계보와 대비적으로 파악했다. 엔 씨는 자신은 아베 코보, 오에 겐자부로, 엔도 슈사쿠, 가와바타 야스나리 등은 존중하고 읽어왔지만, 이에 반해 무라카미의 소설은 읽지 않았다고 했다. 윤 씨 또한 나쓰메 소세키 이후 일본의 전통적인 근대 문학에는 경의를 표하는 반면 이에 반역해 언제까지나 '젊게 치장하기'를 멈추지 않는 무라카미에게는 딱히 존경심을 느낄 이유가 없다고 생각한다.

그리고 이런 견해는 무라카미의 자기 규정과 크게 다르지 않다. 무라카미 자신이 오랜 세월에 걸쳐 자신은 일본의 근현대 문학의 이단아이며 문외한이라고 국내외에서 천명해왔고, 그런 자세는 지금도 변하지 않기 때문이다. 무라카미는 일본 문학의 전통과 대립하고 있다. 무라카미 자신을 비롯해서 무라카미를 비판하는 사람이든, 무라카미의 애독자든 모두 이 대립 구도를 믿고 있다. 이것이 지금 무라카미를 둘러싸고 새롭게 부상하고 있는 이해의 도식, 즉 새로운 정형이다.

따라서 무라카미에 관한 한, 그를 단순하게 일본 근현대 문학의 전통 위에 자리매김하도록 하는 것이 지금 가장 도전적이며 시의적절한 비평적 시도가 될 수 있다. 무라카미 자신의 자기 인식은 제쳐놓고, 그의 문학이 일본의 근현대 순문학으로 자리매김될 수 있는 가능성을 품고 있다는 점에 초점을 맞춰 작가 자신이 적시하는 일본 순문학의 범주 안에 집어넣는 것, 그리고 그에 대해 정형화된 기존의 인식을 타파하는 것이야말로 내가 시도하려는 비평이다.

심포지엄 자리에서 내가 얼마나 이런 생각을 이웃 나라 사람들에게 제대로 전했는지는 분명치 않지만, 지금 그 내용을 한마디로 바꾸면 다음과 같다. 무라카미 하루키는 어렵다.

무라카미 하루키는 어렵다

윤 씨의 의견에 대한 나의 생각은 이렇다. 무라카미와 나쓰메 소세키는 대립항이 아니다. 옌 씨에게도 똑같이 무라카미와 오에 겐자부로, 아베 코보는 대립항이 아니라고 하겠다. 예를 들어 일본 문학 중에서 손에 꼽히는 베스트셀러인 무라카미의 《노르웨이의 숲》과 나쓰메 소세키의 《마음》은 주제와 스토리 구조로 이어져 있다. 또 나는 과거에 오에의 무라카미 비판을 이어받아 두 사람을 줄곧 대립적으로 파악해왔는데, 몇 년 전 생각을 바꾸게 되었다. 이 두 작가를 동일한 시각에서 긍정적으로 수용할 수 있는 현대 일본 문학의 구도를 만들어야 할 필요가 있다고 생각한 것이다. '오에냐, 무라카미냐'에서 '오에와 무라카미'로 말이다. '오에냐, 무라카미냐' 하는 양자 대립이 아니라 지금이야말로 '오에와 무라카미'를 함께 내다볼 수 있는 이해의 구도가 필요한 때라고 생각해 《오에와 무라카미—1987년의 분수령》(2008년)을 쓰기도 했다.

이는 딱히 무라카미와 오에에 국한된 일이 아니다. 오에와 아베는 물론 미시마 유키오 역시 데뷔할 당시에는 하나같이 기존 문학에 대한 반역이었다. 일본의 현대 문학은 이렇듯 과거에 대한 반역 자체가 하나의 전통이 되고 있다. 그런 의미에서는 무라카미와 오에에 관해 할 수 있는 말이 무라카미를 비롯한 다른 작가에게도 적용된다고 할 수 있다.

1986년 강력한 무라카미 비판자로 등장했던 오에도, 1995년 《태엽 감는 새 연대기》의 요미우리 문학상 시상식에서는 심사위원을 대표해 이 작품을 높게 평가했다. 선입견 없이 작품을 읽었을 때, 무라카미는 아베, 미시마, 오에와 대립하는 지평에 있다기보다 반역의 전통에 있는 일본 전후 문학가의 한 명이 된다. 그의 비평적 에세이를 읽으면 알 수 있듯이, 다자이 오사무를 비롯해 가와바타 야스나리, 나가이 가후, 다니자키 준이치로, 나쓰메 소세키 등 근현대 일본 문학의 산맥에 바로 연결되는, 실로 지적 내장량이 방대하며 한마디로 안이하게 가늠해서는 안 될 문학가인 것이다.

나는 1980년대 전반 이후 무라카미를 긍정적으로 평가해왔고, 그 때문에 '젊게 치장하는 비평가'라고도 여겨져왔다. 그러나 나의 주요한 문학적 관심은 전후에서 거슬러 올라가 근대에 미치며 현대의 정신사나 정치, 경제와도 관련이 있다. 나는 일본의 전후에 대해 물의를 빚는 평론을 쓴 탓에 좌우익 양쪽으로부터 집중포화를 받아 사면초가에 빠졌던 평론가인 데다 나쓰메 소세키와 미시마 유키오, 다자이 오사무에 대해서도 일가견이 있다. 그런 내가 무라카미를 긍정하는 것은 당연히 젊은 애독자들이 그의 작품을 상찬하는 것과는 의미가 다르다. 무라카미는 일본 순문학이 달성한 최고점에 위치하는 견실한 소설가의 계보를 잇고 있다. 다른 점은 그가 동시에 대중적인 인기와 해외에서의 호평까지 거머쥐었다는, 문학적으로 무시할 수 없지만 가장 중요하지는 않은 한 가지 사실뿐이다. 이 점에 현혹되어서는 안 된다. 무라카미가 야구모자를 버리지 않았다고 해서 그가 문학을 싫어하는 것은 아니다.

그럼 이러한 사항들을 전제하고 무라카미의 문학적 성취가 중국이나 한국을 비롯한 다른 나라의 현대 문학에 있어서 남의 일이 아닌 이유를 밝혀보겠다. 세상의 무라카미 애독자들은 싫어할지 모르겠으나 무라카미는 그런 팬 이상으로, 그에게 무관심한 이웃 나라의 지식층에게 중요한 존재임을 알리고 싶다.

한마디로 무라카미 하루키의 문학은 다가서기도 이해하기도 그렇게 쉽지 않다. 가볍게 보아서는 안 된다.

무라카미 하루키는, 어렵다.

부정성의 행방

1979 — 1987

1 — 획기적인 데뷔작

《바람의 노래를 들어라》는 일찍이 '진보'의 바람을 날개에 맞아들이고 그 바람의 노래에 귀 기울인 작고도 선구적인 작품이었다. 문학이 '근대적 부정성'만으로는 살 수 없다는 것을 과거를 향해 열린 눈으로 간파한 것이다.

긍정적인 것을 긍정하는 것

산뜻한 출발

무라카미 하루키의 문학은 산뜻하게 출발했다. 1979년 6월 군조 신인문학상 수상작으로 세상의 빛을 본 《바람의 노래를 들어라》는 36년이 지난 지금 읽어도 퇴색하지 않은 신선함과 일본 전후 문학사에서 흔들림 없는 '획기적인' 의의를 지니고 있다. 그러나 다음 작품인 《1973년의 핀볼》(1980년)과 마찬가지로, 이 작품은 문단의 전통적인 등용문이라 여겨지는 아쿠타가와상 후보에 올랐지만 수상하지는 못했다.

이 작품의 의의와 문학계와의 관계는 어떤 것이었을까?

일본 사회는 1970년대 벽두부터 전반에 걸쳐 시대의 획을

굿는 여러 사건에 직면했다. 닉슨 쇼크(1971년), 연합적군 사건 (1972년), 오일 쇼크(1973년)가 잇달아 발생한 것이다. 한없이 치솟을 것 같던 세계적 규모의 성장기가 정점을 찍고 학생 반란의 시대, 고도성장의 시대도 막을 내렸다.

이러한 1970년대에 가장 눈부셨던 신인 작가는 《요코》로 아쿠타가와상을 수상한 후루이 요시키치, 이어서 1976년 《한없이 투명에 가까운 블루》로 인상적인 데뷔를 장식했던 무라카미 류, 그리고 이보다 앞선 1975년에 《곶》으로 아쿠타가와상을 수상한 나카가미 겐지였다. 특히 나카가미 겐지는 전후에 태어난 소설가로는 첫 아쿠타가와상 수상자였으며, 이듬해에 일본문학사에 빛나는 걸작 《고목탄》을 쓰기 시작했다.

무라카미 류 이후, 미타 마사히로(《난, 뭐지》, 1977년), 다테마쓰 와헤이(《먼 천둥소리》, 1980년) 등 소위 전공투 세대*라 불리는 베이비부머 출신의 소설가들이 등장했다. 작가군의 연령층이 젊어진 것이다. 한편 이 시기에 오에 겐자부로는 《홍수는 내 영혼에 이르러》(1973년)에서 《핀처러너 조서》(1976년)로, 아베 코보는 《상자인간》(1973년)에서 《밀회》(1977년)로 각기 이행하며 고도성장기 이후의 환경에서 앞선 문학 세대로서 새로운 문학적 모색을 시작했다. 그리고 미시마 유키오는…… 그는 1970

---

*1960년대 일본을 휩쓸었던 학생운동을 경험한 세대.

년에 죽었다(11월 25일 자살). 이미 없었다. 2년 후, 일본의 첫 노벨 문학상 수상자 가와바타 야스나리도 미시마의 뒤를 이어 자살했다. 이를 대신하듯 하니야 유타카는 25년 만에 필생의 역작인 《사령》의 5장으로 문학적 부활을 꾀했다.

기성 작가로는 1971년 오오카 쇼헤이가 《레이테 전기》를, 1972년 마루야 사이이치가 《나 홀로 반란》을 발표했고, 1976년에는 야스오카 쇼타로가 《유리담》(잡지 연재 개시)을, 요시유키 준노스케가 《해 질 녘까지》를 발표해 각자 건재함을 과시했다.

또 비평계에서는 1977년에 고바야시 히데오가 역작 《모토오리 노리나가》를 완성했으며, 가라타니 고진, 하스미 시게히코 등 포스트모던 비평가들이 힘을 얻기 시작했다. 가라타니의 《일본 근대 문학의 기원》은 1980년에, 하스미의 《표층비평 선언》은 1979년에 세상에 나왔다.

무라카미 하루키는 왜 아쿠타가와상을 받지 못했나

1970년대 후반에 아쿠타가와상을 수상한 작품들은 표 1과 같다. 무라카미의 작품 《바람의 노래를 들어라》는 1979년 상반기 후보작으로, 《1973년의 핀볼》은 1980년 상반기 후보작으로 올랐다. 심사위원은 나이순으로(괄호 안의 숫자는 부임 및 퇴임 시기) 다키이 고사쿠, 나가이 다쓰오(~1977년), 니와 후미오, 후나하시 세이치(~1975년), 이노우에 야스시, 오오카 쇼헤이(~1975년),

표 1 **1970년대 후반 아쿠타가와상 수상작**

	상반기	하반기
1975	하야시 교코 《축제의 장》	나카가미 겐지 《곶》 오카마쓰 가즈오 《시카노시마》
1976	무라카미 류 《한없이 투명에 가까운 블루》	없음
1977	미타 마사히로 《난, 뭐지》	미야모토 테루 《호타루 강》 다키 슈조 《비자나무 축제》
1978	다카하시 기이치로 《노부요》 다카하시 미치쓰나 《9월의 하늘》	없음
1979	**시게카네 요시코 《골짜기의 연기》** **야오노 소 《어리석은 자의 밤》**	모리 레이코 《흉내지빠귀가 있는 동네》
1980	**없음**	오쓰지 가쓰히코 《아버지가 사라졌다》

나카무라 미쓰오, 야스오카 쇼타로, 엔도 슈사쿠(1976년~), 요
시유키 준노스케, 마루야 사이이치(1978년~), 가이코 다케시
(1978년~), 오에 겐자부로(1976년~) 등의 소설가들이었다. 1976
년을 기점으로 새로운 심사위원이 보충되어 세대 교체가 이루
어진 가운데, 이 해 상반기에 무라카미 류의 극적인 등장이 있
었다. 무라카미 하루키의 두 작품은 다키이, 니와, 이노우에,
나카무라, 야스오카, 엔도, 요시유키, 마루야, 가이코, 오에 등
열 명의 소설가들이 심사했다. 《바람의 노래를 들어라》의 경우
심사위원 가운데 최연장자인 다키이는 86세, 최연소자인 오에
는 44세였다.

《바람의 노래를 들어라》는 이에 앞서 1979년 제22회 군조 신인문학상을 수상했다. 군조 신인문학상은 원고 응모 식으로, 몇 번의 심사를 거쳐 마지막까지 남은 몇 편이 심사위원의 손을 거쳐 선발된다. 심사위원은 사사키 기이치, 사타 이네코, 시마오 도시오, 마루야 사이이치, 요시유키 준노스케였다. 거의 만장일치, 전원의 추천이 있었다. 이들 가운데, 사사키, 사타, 시마오는 전후 문학가이고, 마루야와 요시유키는 한 세대 젊은 제3의 신인 이후 소설가들이다. 특히 마루야와 요시유키가 강력하게 무라카미를 밀었다.

마루야는 커트 보네거트, 리처드 브로티건 등 현대 미국 문학의 영향이 노골적으로 드러나지만 "어지간한 재능의 소유자가 아니고는 이렇게 열심히 공부하고 흡수할 수 없을 것이며 이 신인의 등장은 한 사건"이라고 평했다. 요시유키는 "굳이 말하자면, 근자의 수확"이라고 해야 할 것이며, 근년의 "우리나라 젊은 작가의 문학"으로는 "빼어나고", "경쾌함 속에 내면을 향하는 눈이 있고", "작가의 심지 굳은 인간성도 더해진 것으로 보인다"라고 칭찬했다.

그런데 아쿠타가와상에 이르러서는 다소 어투가 약해졌다. 다른 유력한 작품이 있었던 탓도 있지만, 전체적으로 《바람의 노래를 들어라》는 존재감이 흐려지고 마루야와 요시유키의 심사평도 약음기를 단 것처럼 축소되었다. 마루야는 《바람의 노래를 들어라》를 그런대로 긍정적으로 평가해 후보작 여덟 편 중에서 가려 뽑은 네 편에는 포함시켰지만, 정작 수상작으로는 다른 작품을 추천했다. 요시유키는 "아쿠타가와상은 신인을 몹시 시달리게 하는 상인데, 그 시련을 이겨낼 만한 힘이 이 작품에는 없다", "한 작품 더 읽어보지 않고는 불안하다"라는 심사평을 쓰면서 이번에는 추천할 만한 작품이 없다는 결론을 내렸다.

이외에 이 작품에 대해 언급한 심사위원은 최연장자인 다키이와 최연소자인 오에, 그리고 그 중간인 엔도였다. 다키이는 "이색적인 작가", "길게 보고 싶다"라고 말하면서도 "이 같은 가공의 이야기는 작품의 완성도가 높아야 하는데, 이 작품은 군데군데 엉성한 곳이 있어서 속이 비쳐 보인다"라고 단언했다. 오에는 다른 작품을 추천하면서 "현대의 미국 소설을 절묘하게 모방한 작품도 있지만, 그 모방이 작가의 독자적인 창조를 위해 훈련하는 방향에 있지 않아, 작가 자신에게나 독자에게나 무익한 시도로 보인다"라고 부정했다. 또 엔도는 "얄미울 정도로 계산적인 소설"이며 "반소설적 소설이라고 해야 할" 작품인 동시에 "현재 유행하는, 소설에서 모든 의미를 제거한 수법"을 구사했지만, "정말 그렇게 간단히 의미를 제거해도 좋은 것인가"라고 상당히 본격적인 비평을 했다. 그리고 결국은 다른 두 편이 수상했다.

즉 무라카미 하루키의 《바람의 노래를 들어라》는 유력한 신인의 작품으로 문단의 환영을 받기는 했지만, 3년 전 똑같이 군조 신인문학상을 수상하고 세상을 놀라게 하면서 베스트셀러에 이어 아쿠타가와상까지 수상하는 등 문학계를 뒤집어놓은 무라카미 류의 《한없이 투명에 가까운 블루》를 잇는 충격적인 데뷔에는 미치지 못했다.

무라카미 류 심사 때에는 문단을 대표하는 이노우에, 니와, 나카무라가 강력하게 추천했고, 요시유키 준노스케도 추천했다. 무라카미 류의 범상치 않은 재능을 심사위원 모두가 인정했던 것이다. 이노우에는 "아쿠타가와상을 심사하면서 오랜만에 작가의 자질을 느끼게 한 작품"이라고 평했고, 니와는 "아쿠타가와상의 심사를 서른일곱 번 했지만, 이렇게 판단하기 어려우면서도 강렬한 매력을 느낀" 작품은 처음이라고 평했다. 신랄하기로 유명한 나카무라도 "작가 본인에게서도 감당하기 어려운 재능의 범람이 느껴진다"라면서, "무의식적인 독창성은 신인의 매력이며, 이에 경의를 표하는 것이 심사자의 예의일 것"이라고 평했다.

《바람의 노래를 들어라》는 수십 년 만에 한 번 부는 초강력 태풍 뒤에 찾아온 작은 태풍이었던 것이다.

실패에서 얻은 교훈

그러나 이 데뷔 당시의 기존 문학계와 문단 저널리즘과의 만남을 통해 무라카미는 앞에서 말한 '기묘한 고립'의 자세를 결정하기에 이른다.

《바람의 노래를 들어라》는 아쿠타가와상 심사에서 한 작품 더 보자는 식으로 보류되었다. 그리고 7개월 후, 이 상이 대상으로 하는 분량(400자 원고지 248매)을 아슬아슬하게 넘지 않은 두 번째 작품 《1973년의 핀볼》 역시 유력한 후보작에 올랐지만, 심사 결과는 '수상작 없음'이었다. 요시유키가 추천했고, 마루야도 유보적이었으나 요시유키에게 동조했고, 오에와 엔도도 그 실력을 인정했지만, 다른 심사위원들은 회의적인 견해를 보여 결국 "표가 갈려 수상작을 내놓지 못한 것이 아쉽다"(다키이)라는 결과에 이른 것이다.

요시유키는 "흥미로웠다", "이 시대를 사는 스물네 살 청년의 감성과 지성이 잘 그려져 있었다", "꽤 양이 많은 원고를 지루하지 않게 읽었다"라고 이번에도 높이 평가했다. 마루야 역시 "핀볼이 효과를 발휘하지 못했다"라고 하면서도 "좋았다", "실력이 많이 늘었다"라고 평하고 이 작품을 추천했다. 오에는 두 작품에 대해 "명백한 재능"이라고 하지 않을 수 없으나, 마지막까지 경합을 벌인 두 작품 다 "언젠가 상을 받게 되어도 불만 없다"라는 동시에 양쪽 모두 "다소 충분치 않은 느낌은 남는다"라고 평했다. 비판하는 쪽은 "우쭐한 기분으로 안이한 필치"를 보였으며 "천박한 안목"(나카무라), "헛돌기"(이노우에), "꿈같은 것", "생활에 대해서는 전혀 쓰지 않았다"(다키이)라고 지적했다.

그런데 이 심사평이 발표되었을 무렵에 무라카미는《거리와 그 불확실한 벽》이라는 중편을 아쿠타가와상을 주관하는 문예춘추사의 문예지에 발표했다.《1973년의 핀볼》을「군조」에 게재한 3월 이후 유력한 아쿠타가와상 후보에 오르자, 수상을 예상한 편집부에게 '수상 후 첫 작품'을 종용당한 것이다.

이 작품은 기도한 바는 컸으나 무라카미가 발표한 작품 중에서 거의 유일한 실패작이 되었다. 이 작품에서 그리려 한 세계는 5년 후《세계의 끝과 하드보일드 원더랜드》에서 실현된다. 그러나 무라카미는 스스로 취한 '세상'에 타협하는 이 태도로 인해 혹독한 대가를 치렀다. 훗날 무라카미는 당시를 이렇게 술회했다. "《1973년의 핀볼》이 아쿠타가와상 후보작에 오르자 (아쿠타가와상 주관처의 잡지사 편집부로부터) 새 작품을 쓰라는 요구가 있었다. 한 작품 쓸 수 있겠다고 생각했고, 쓰고 싶은 이야기이기도 해서 그 요구에 응했다. 그러나 실패작이었다."

그래서는 안 되는 거였어요. 나는 지금도 후회하고 있습니다. 수상 후 첫 작품으로 쓰는 게 아니었어요. 이 말은 분명히 하고 싶군요. 역시, 언제까지 뭐든 써주세요, 하는 건 불순합니다. 소설은 쓰고 싶을 때 쓰자고 생각하고 쓰고 싶은 기간에 쓰는 것이지, 어느 예정된 기간에 맞춰 어떤 용도로 쓰는 게 아니라고 생각합니다.

《세계의 끝과 하드보일드 원더랜드》를 쓰고 난 지금은 오히려 그 중편을 쓰길 잘했다고 생각한다. 그러나 쓰고 난 직후에는 엄청난 자기혐오에 빠졌다고 한다.

이후 그는 무라카미 류의 《코인로커 베이비스》(1980년)를 교정지 단계에서 읽고 큰 충격을 받았다. 나아가 무라카미 류의 추천으로 나카가미 겐지의 《고목탄》(1977년)을 읽고는 같은 세대 소설가가 문예지 수준을 뛰어넘어 세계 수준의 장편을 썼다는 것을 알고 한동안 실의에 빠져 아무것도 쓸 수 없었다고 한다. 그리고 자신도 장편, 스토리텔링, 강력한 힘, 이 세 가지로 써나가자고 생각한 후, 카페 문을 닫고 소설에 전념한다는 각오로 장편 소설 《양을 둘러싼 모험》에 임했다.

이상은 "지난 10년"이라는 제목으로 「문학계」 1991년 4월 임시증간호 '무라카미 하루키 북'에 실린 인터뷰 내용이다. 이 시기에 무라카미 하루키는 아직 '보통 사람'이었다. 그 후로 그의 인터뷰에서 이렇듯 솔직하고 생기에 찬 언급은 사라지게 되었다.

물론 장편 소설은 아쿠타가와상의 대상이 아니므로, 이는 앞으로 아쿠타가와상은 상대하지 않겠다는 의사 표명이기도

했다. 사실 그 후로 무라카미는 400자 원고지로 100매에서 200매짜리 아쿠타가와상에 맞춘 길이와 문예지의 대부분을 차지하는 소위 중편이라 불리는 작품—지금도 일본에서는 대다수의 젊은 소설가가 데뷔 이후 몇 년 동안은 문예지 편집자의 조언하에 이 길이의 소설을 쓰며 훈련하고 있다—을 쓰지 않았다. 이런 새로운 유형의 효시는 무라카미 류인데 이후 다카하시 겐이치로, 요시모토 바나나, 와타야 리사가 뒤를 이었다. 두 무라카미와 다카하시, 요시모토 바나나 등은 데뷔 당초부터 일본류 문예 저널리즘의 분재형 소설 수업에 구애받지 않는 분방함을 보였다.

또 무라카미 하루키는 분량과 마감 날짜를 제시하는, 역시 일본의 전형적인 소설 집필 의뢰 시스템을 수용하지 않게 되었다. 그리고 그의 집필 스타일과 일본 문예 저널리즘의 특유한 관계, 즉 일정한 '거리'를 두고 마감이 있는 의뢰에는 응하지 않았다. 완전히 자신의 페이스에 따라 작품을 쓰고 그것을 실어주는 잡지에 게재하는 그의 독자적인 방식이 굳어지기에 이르렀다.

이 '거리'가 훗날 무라카미와 문예 저널리즘 간 역학 관계의 역전을 거쳐 '벽'으로 변하면서 일본에서 무라카미가 '고립'되는 수준을 넘어 '공기 번데기' 같은 각별한 대우를 받는 존재로 발전하게 된 것이다.

작은 태풍은 어떻게 멀리까지 가는가

그러나 《바람의 노래를 들어라》의 의의는 이런 당시 상황과는 독립적으로 존재한다. 우리는 이렇게 물어도 좋을 것이다.

그렇다면 왜 명백히 재능과 자질 면에서 무라카미 하루키를 능가했으며 《코인로커 베이비스》로 그를 의기소침하게 만들었던 무라카미 류가 아니라, 보다 작은 두 번째 태풍이라 받아들여졌던 무라카미 하루키 쪽이 일본을 대표하는 소설가로 우뚝 선 것인가? 그 연원이 데뷔작에 이미 밝혀져 있다면 그것은 무엇인가?

두 가지를 지적할 수 있다.

하나는 이 데뷔작이 일본의 전후 문학사에서 '긍정적인 것을 긍정하는' 최초의 자각적인 작품이었다는 점이다. 긍정적인 것을 긍정한다고 하면, 당연한 일을 가지고 뭘 그러냐고 할지도 모르겠다. 그러나, 그렇지가 않다. 그것은 뒤집으면 부정성을 부정한다는 뜻이기 때문이다. 부정성이란 무엇인가? 그것은 국가를 부정하고, 부자를 부정하고, 현재의 사회를 구성하는 불합리함을 부정하고, 세상의 불합리함을 정당화하는 권위와 권력을 부정하는 것이다. 즉 이 부정성이 신분제를 타파했으며 근대 사회를 실현했고 보다 민주적인 사회로 나아갈 수 있게 했다. 이는 곧 근대 움직임의 원동력이었다.

근대 문학은 이 부정성을 낭만주의적인 이상과 연관 지어 사람들을 매료했고, 나아가 집의 권위, 가부장인 '아버지'에 대한 반역이라는 틀을 만들었다. 독일, 이탈리아, 러시아, 일본, 중국, 한국 등 뒤늦게 출발한 근대 국가들의 문학을 움직인 것도 근대적인 이상을 주지로 하는 현실 부정이 지닌 힘이었다. 러시아의 작가 이반 투르게네프의 《아버지와 아들》에서 메이지 시대 시마자키 도손의 《파계》와 《봄》 등의 자연주의 문학, 시라카바 파의 문학, 사소설, 전후 문학을 관통하는 순문학적 전통까지, 근원을 따져보면 이 부정성 하나로 귀결된다. 중국과 한국의 근대 문학 역시 사정은 거의 비슷할 테지만, 긍정적인 것을 긍정한다는 것은 지금까지 이 부정성에 의존하던 문학에서 벗어난다는 것을 뜻한다.

또 다른 하나는 이 부정성에 대한 부정이 작품 속에서 비애를 띠고 있다는 점이다. 1970년대 종반, 시대는 바뀌어 자각 없이 부정성을 부정하는 그저 긍정적인 기분이 사회를 지배하게 되었다. 엔터테인먼트 영역을 중심으로 그저 현상을 추인하는 소설이 주를 이루게 된 것이다. 그런 경향이 날로 강해지는 가운데, 순문학은 일반 사회로부터 서서히 '고리타분하고 어두운 것'으로 경원시되었다. '어둡다'는 것이 아무런 의미를 지니지 않게 된 것이다. 폐결핵에 걸려 얼굴이 창백한 것은 문학적으로 아무 의미가 없을 뿐만 아니라, 전혀 쿨하지도 않았다. 그리고 1970년대 후반에 이런 변화에 가장 둔감했던 분야가 바로 문학계였다.

　이런 풍조 속에서 이 조그만 데뷔작은 부정성의 몰락을 일찌감치 받아들이면서도 몰락하는 것의 뒷모습을 비애에 찬 시선으로 배웅했다.《바람의 노래를 들어라》는 그렇게 새로운 시대의 첫 순문학 작품으로 등장했다. 순문학의 기수들, 아쿠타가와상 심사위원들 대부분이 이 점을 미처 깨닫지 못하고 그렇게 새로운 작품을 가볍다느니, 의미를 너무 쉽게 부정했다느니 하는, 어떤 면에서는 다소 깔보듯이 부정성이 없음을 지적했던 것이다.

벤야민의 '새로운 천사',
그리고 바람의 노래

돈 있는 놈들은 모두 엿이나 먹어라
기분이 좋은 게 뭐가 나쁜데?

《바람의 노래를 들어라》 문고판 뒷면에는 위와 같이 쓰여 있다. 1970년 여름, 해변의 도시로 귀성한 '나'는 친구 '쥐'와 맥주를 마시고, 술 취해 쓰러진 여자를 돌봐주면서 친해져 그녀와 따분한 시간을 보낸다. 각자 사랑 타령을 하다 '나'의 여름은 우울하게, 쓸쓸하게 지나간다.

'나'는 도쿄에 사는 대학생으로 이 여름 고향에 내려와 있다. 친구인 '쥐'는 대학을 포기하고 고향에 내려와, 세상을 등진 상태에서 부모에게 빌붙어 생활한다. '나'는 단골 제이스 바에서

때로 '쥐'를 만나고, 어쩌다 알게 된 '새끼손가락 없는 여자'와 여름을 보낸다.

내가 해석한 작품의 줄거리다. 이 중에 중요한 것은 주인공 '나'와 친구 '쥐'의 관계다. 나와 '쥐'와 여자. 작품 속에서 이 세 주요 등장인물의 관계를 간결하게 보여주는 것은 '부자 대 가난'이라는 대비축이다. 이 소설에는 "부자", "돈 있는 놈"이라는 말이 열다섯 번, "가난"이라는 말이 여섯 번 나온다. 의외다 싶을지 모르겠지만, 이 세련된 해변 도시 이야기를 구성하고 있는 것은 세상에는 부자와 가난한 자가 있다는 근대 사회의 고전적인 기본 구조다.

'쥐'는 돈 있는 자들을 대표한다. 회사를 경영하는 아버지를 두었으며 옥상에 온실까지 있는 3층짜리 집에서 살고 있다. "비탈을 파낸 지하는 주차장이고, 아버지의 벤츠와 쥐의 트라이엄프 TRⅢ가 사이좋게 나란히 서 있다." 한편 '새끼손가락 없는 여자'는 가난을 대표한다. '나'는 그 중간에서 신흥 중산층을 대표한다.

'나'와 여자 사이에 오가는 대화는 이렇다. '나'가 농담 삼아 집 이야기를 하자, 그녀가 말한다.

"틀림없이 멋진 집이겠지."
"그래, 집은 멋진데 돈은 없으니, 좋아서 눈물이 날 지경이다."

그녀는 스트로 끝으로 진저에일을 계속 휘저었다.

"하지만 우리 집은 훨씬 더 가난했어."

"어떻게 아는데?"

"냄새. 부자가 부자를 냄새로 알아보는 것처럼, 가난한 사람도 가난한 사람을 냄새로 알아볼 수 있거든."

이에 반해 '쥐'가 툭하면 내뱉는 말은 "돈 있는 놈들은 모두 엿이나 먹어라"이다. '나'는 그런 '쥐'를 몰아세우고 밀쳐낸다. 요즘 말로 하면 은근히 깔보면서 갖고 논다.

"빈대지."

쥐는 그렇게 말하고 끔찍하다는 듯이 고개를 저었다.

"놈들이 할 줄 아는 게 뭐 있어? 돈깨나 있는 척하는 놈들 보면, 속이 다 메슥거린다니까."

(중략)

"속이 다 메슥거려."

손가락을 하나하나 바라보고 나서 또 그렇게 말했다.

쥐가 부자를 헐뜯는 것은 오늘 시작된 일이 아니고, 실제로도 몹시 증오한다. 쥐의 집만 해도 상당한 부자였는데, 그 점을 지적하면 쥐는 늘 "내 탓이 아니잖아"라고 말했다. 때로 나는 (대개는 맥주를 과하게 마셨을 때) "아니, 네 탓이야"라고 말하고는, 그렇게 말하고 만 것에 늘 불쾌해졌다. 쥐의 말에도 일리는 있었기 때문이다.

부자의 아들인 '쥐'의 자기부정 내지는 부정성의 표현이다. "돈 있는 놈들은 모두 엿이나 먹어라"에 대해 중산층인 '나'는 쿨하게 거리를 유지한다. 부모가 부자인 것은 "내 탓이 아니잖아"라는 '쥐'의 발언에 대해 "아니, 네 탓이야"라고 하는 '나'가 소설의 주인공으로 신선한 이유는 이 부정성과 절묘하게 거리를 두기 때문이다.

여기서 '쥐'의 부정성—부자에 대한 부정 또는 집에 대한 반항적인 심리 등등—은 부정의 대상에 의존한다는 특징이 있다. 세상의 낭만주의적인 근대적 또는 문학적 부정성이 그러하듯, 그는 부정의 대상과 한 쌍이지 독립해 있지 않다. 그런 만큼 부모가 부자인 것은 '내 탓이 아니잖아'에도 일리는 있지만 '아니, 네 탓이야' 하는 쪽이 보다 정상적이다.

그렇게 '쥐'의 문학적 부정성을 부정하는 '나'의 신조는 작품 속에서 그가 애독하는 가공의 소설가 데릭 하트필드의 에세이집 제목 《기분이 좋은 게 뭐가 나쁜데?》를 빌려 표현된다. 바로 얼마 전까지 일본에서만 입수할 수 있었던 《바람의 노래를 들어라》 첫 영역본의 걸출한 역자 알프레드 번바움은 《What's so bad about feeling good?》이라는 멋진 번역 타이틀을 부여한 바 있다. 이 에세이집은 1936년에 간행되었는데, 이 해는 일본으로 하면 2·26 사건*이 발발했던 해다. 하트필드는 그로부터 2년 후의 어느 화창한 일요일 아침, 오른손에는 히틀러의 초상화를 안고 왼손에는 우산을 펴 든 채 엠파이어스테이트 빌딩 옥상에서 뛰어내린다. "긍정적인 기분을 긍정하는 게 뭐가 나쁜데?" 무라카미는 세계 공황 이후 1930년대라는 부정성 시대에 이런 입장을 관철하고 스스로 목숨을 끊은 허구의 소설가를 만들고 주인공을 그 애독자로 설정했다. 그리고 "돈 있는 놈들은 모두 엿이나 먹어라" 하는 근대 문학의 바탕인 부정성 앞에 "기분이 좋은 게 뭐가 나쁜데?"라고 당당하게 큰소리치는 포스트모던의 문학성을 내세운 것이다.

기분이 좋다는 것을 부정하지 않고서 어떻게 순문학적인 소설이 쓰일 수 있을까? 이것이 아쿠타가와상 심사위원에게 제시된 의미심장한 질문이었으며, 이는 만약 예리한 심사위원이 있었다면 반드시 알아차렸을 것이다.

긍정성의 승리를 선언한 무라카미 류

이후, 일본 문학계에서는 기존의 전형적인 부정성에 입각하는 한 문학에 앞날은 없다는 주장이 주류를 이루었다. 1980년대 말, 다나카 야스오의 《어쩐지, 크리스탈》이 문예상 수상작으

*
황도파 청년 장교들의 반란 사건.

로 세상에 출현했을 때, 평론가 에토 준은 이 작품에서 긍정성과 (미국에 의존한) 부정성이라는 두 축을 발견했다. 그리고 작품에 드러난 '부정성의 부정'(미국에 대한 의존을 전제로 받아들이는)을 《한없이 투명에 가까운 블루》의 단순한 부정성(양키 고 홈)과 대비하면서 그 가치를 평가했다. 그러나 이 작품 역시 《1973년의 핀볼》에 이어 1980년 하반기 아쿠타가와상 후보에 올랐지만 수상은 하지 못했다.

한편 《바람의 노래를 들어라》에서 5년이 지난 1984년에 무라카기 류는 태도를 바꿔 이렇게 썼다. 서던 올 스타즈Southern All Stars의 구와타 게이스케가 증명한 것은 간단하게 말해서 부정성 따위가 없어도 상관없는 음악을 만들 수 있다는 것이다. 구와타는 '아마 모를 수도 있지만' 서던은 그 점을 처음으로 증명해 보였다. 이런 면에서 그들은 대단한 밴드다. 이것이 일본에 처음 등장한 팝 밴드 서던의 의의다. 팝은 일본에는 존재하지 않았다. 왜일까? 일본은 그때까지 줄곧 가난했기 때문이다.

내일 먹을 쌀이 없다, 피까지 닥닥 긁어 먹었다, 딸을 팔아야겠다, …… 이런 사람은 〈러브 미 텐더〉나 〈어 데이 인 더 라이프〉를 절대 들을 수 없고, 들으려 하지도 않을 것이다. (중략)

"목이 마른데 맥주나 마실까? 우와, 맛있는데!"

"옆에 여자가 있잖아. 예쁜데? 하고 싶은 걸!"

"마음에 드는 원피스를 샀어. 정말 좋아!"

이렇게 심플한 것이 팝의 본질이다. 그리고 팝은 '사는 목적은?', '나는 누구지? 여긴 어디고?' 하는 인간의 고뇌나 사상보다는 중요한 감각에 대해 표현하는 것이다.

그래서 팝은 강하다. 팝은 팔린다. 모든 표현은 팝이 되어갈 것이다.

구와타 게이스케의 《그냥 가시歌詩잖아, 이런 거》에 대한
무라카미 류의 해설 〈무적의 서던 올 스타즈〉

앞서 국제 심포지엄을 언급하며 내가 중국과 한국의 지식인, 문학자 친구들 사이에서 무라카미 하루키의 평가가 일치하지 않았다고 말한 것을 상기해주었으면 한다. 그들은 무라카미가 '젊게 치장하고' 대중적인 인기는 있지만 지식인들과 문학자들 사이에서는 존경받고 있지 않다고 말했다. 그 말은 즉 무라카미의 문학에 부정성이 결여되어 있다는 뜻이다. 아마도 스스로는 자각하고 있지 않겠지만 그들은 1980년을 전후한 시기에 아쿠타가와상 심사위원을 맡았던 일본의 소설가들과 마찬가지로 그 점이 불만이었던 것이다.

그런데 이 부정성에 대한 부정이 어디에서 오는지를 다른 무라카미인 무라카미 류가 말하고 있다. 이 말을 나의 아시아 친구들은 과연 어떻게 받아들일까?

무라카미 류의 말을 한마디로 정리하면 '욕망의 승리'라고

할 수 있다. 언뜻 난폭하고 경박하게 들릴 것이다. 하지만 이 말은 하나의 진리를 포함하고 있다. 아무도 이 공언을 외면할 수 없다.

1달러가 360엔이던 시절이 있었다. 1960년대 말이었다고 생각하는데, 사회가 풍요로워지고 국민 일인당 연간 소득이 천 달러 전후가 되자 학생 등 젊은 층을 중심으로 민주화를 요구하는 목소리가 커졌다. 어떤 후발 사회도 이 민주화의 시련을 거치지 않고는 안정된 민주 사회를 건설할 수 없다는 지론이 지배적으로 번졌다. 그렇다면 사회가 풍요로워지면 어떤 일이 벌어질까? 민주화의 다음 단계에는 문학의 시련이 온다. 모든 근대 문학은 사회가 풍요로워지는 과정의 어느 시점에서 반드시 이 시련에 부딪힌다. 기존 형태의 부정성으로는 문학이 더 이상 생기발랄하게 살아갈 수 없는, 그런 사회적 전환점이 오고 만다. 이는 어떤 사회에서도 불가피한 것이고 문학적으로도 보편적인 일이다. 이때 기존의 부정성에 의존하지 않고 또 '욕망'을 부정하지 않으면서 어떻게 새로운 — 또는 '진지한'이라고 표현하고 싶다면 진지한 — 문학을 생성할 것인가 하는, 즉 포스트모던기의 질문이 대두되는 것이다.

아침의 도래와 밤의 퇴장

이에 대한 대답은 단순히 욕망을 긍정하면 되지 않는가라는 말로는 끝나지 않는다. 무라카미 류가 말한 팝 역시 어느 시점에서 새로운 부정성을 찾아내지 않으면 정체되기 때문이다. 사회가 풍요로워지면 '맛있군!', '하고 싶은데!', '마음에 들어!' 등 새로운 욕망의 긍정이 기존의 음악과 문학을 타파하고 승리를 구가하면서 인간을 매료하게 된다. 그러나 다시 시간이 흐르면 이 '맛있군!', '하고 싶은데!', '마음에 들어!'를 욕망에 대한 단순한 굴복, 추종, 예속으로 느끼는 새로운 감성이 나타날 것이다. 그런 다음에는 보다 섬세한 부정성이 이 욕망에 대한 굴종을 넘어서서 다시금 팝을 갱신하게 된다. 이 같은 부정성의 자기 혁신 내지 운동이 없다면 음악이든 문학이든 정체되고 만다. 이는 정점에 도달한 서던의 음악에도, 무라카미 류의 문학에도 어느 정도 해당되는 말이다. 그리고 이것이 무라카미 하루키와 무라카미 류 사이의 분기점이다.

　과거에 나는 어느 문장에서 이런 점을 지적했다. "여기에 하나의 밤의 퇴장과 아침의 도래가 있다. 무라카미 류는 그것을 '한없이 투명에 가까운 블루'로 가득한 아침의 도래로 그렸지만, 무라카미 하루키는 무겁고 어두운 밤의 퇴장으로 이야기한다."《무라카미 하루키 옐로 페이지》

　그 후 무라카미 류의 정체는 이 '긍정성의 긍정'이 지닌 단순함에 기인한다. '맛있군!', '하고 싶은데!', '마음에 들어!' 하고 외친 후, 문학은 어디로 갈 것인가? 이 단순한 자기 긍정, 성장

긍정, 욕망 긍정은 그를 궁지로 몰아 마침내는 단순한 부정성으로 긴급 대피하지 않을 수 없도록 했다. 그리고 무라카미 류는 《사랑과 환상의 파시즘》(1987년)이나 《5분 후의 세계》(1994년) 같은 근대형 낭만주의의 이원적 구도로 회귀하기에 이르렀다. 그의 작품은 정체를 면치 못하고 헛돌기 시작했다.

이에 반해 무라카미 하루키가 《바람의 노래를 들어라》에서 일찌감치 제시한 '긍정성의 긍정'은 천편일률적이고 단순한 '맛있군!', '하고 싶은데!', '마음에 들어!'와는 아주 거리가 멀다. 이 긍정이 '비애에 차 있다'는 것은 그런 의미다. 그리고 이 거리감과 비애의 감정에 그의 데뷔작이 지닌 서정성의 원천이 숨어 있다.

무라카미 하루키는 '쥐'를 통해서 지금까지 일본 젊은이들의 부정성이 얼마나 그 부정의 대상(발전 단계에 있는 사회의 둔감함, 봉건적 가부장제의 불합리함, 풍요로움 속 둔감함)에 의존해왔으며 또 나약한 것인지를 보여준다. '쥐'의 배경에는 물론 1960년대의 학생운동에 대한 부정성이 있다. '나'가 "돈 있는 놈들은 엿이나 먹어라"라는 '쥐'의 발언에 대해 "너희 집도 부자가 아니냐"라고 지적하고 그건 "내 탓이 아니다"라고 하는 '쥐'의 말에 다시 "아니, 네 탓이야"라고 몰아세우는 것은 이 부정성을 그 내부로부터 해체하기 위해 필요한 일격이었다.

그러나 이 부정성에 대한 부정, "기분이 좋은 게 뭐가 나쁜데?"는 무라카미 류가 말한 '욕망의 승리'와는 달리 또 다른 일격을 맞게 된다. 보다 가난한 계급 출신인 '새끼손가락 없는 여자'로부터 "그래도 너 역시 풍요로운 사회의 은총을 누리고 있는 동류 아니냐"라는 말을 듣는 것이다. 그리하여 보다 음영이 풍부한 긍정으로 단련된다. '쥐'가 부자라는 사실로부터 도망치고 싶어진다는 마음속 고충을 토로하자, '나'는 풍요롭다는 것에 콤플렉스를 느낄 필요는 없다, 그런 삶의 조건은 결국 모두 똑같다고 말한다. 하지만 '모두 똑같다'는 것도 한정된 조건 속의 일에 지나지 않는다. 외부에 다른 세계와 사회가 있다는 것을 이 소설은 잊지 않고 있다.

미래를 거머쥔 자의 비애

《바람의 노래를 들어라》는 부정성을 품은 '쥐'가 서서히 시대에 뒤처져 급기야 몰락해가는 모습을 이처럼 중층적인 구성 속에서 그리고 있다. 새로운 긍정성은 몰락하는 부정성에 여전히 연대감을 잃지 않고, 또 스스로의 한계에 대한 자각도 놓지 않으면서 이를 비애의 감정으로 배웅하고 있다.

발터 벤야민은 《역사의 개념에 대해서》에 실은 〈새로운 천사〉라는 글에서 이 같은 비애의 유형에 대해 논하고 있다. 천사는 현재가 과거가 되어 몰락해가는 과정을 지켜본다. 그는 자신도 그곳에 머물고 싶다고 생각한다. 그러나 시원의 장소에 있는 낙원에서 강한 바람이 불어와 그의 날개를 펼치게 하고 그를 미래 쪽으로 떠밀어 보낸다. 벤야민은 말한다. 그 바람의 이름이 진보라고.

지금의 눈으로 보면 《바람의 노래를 들어라》는 일찍이 '진보'의 바람을 날개에 맞아들이고 그 바람의 노래에 귀 기울인 작고도 선구적인 작품이었다. 신인의 작품으로는 먼저 나온 《한없이 투명에 가까운 블루》에 미치지 못하는 조그만 태풍이었지만, 《한없이 투명에 가까운 블루》가 보기 드문 자질로 '로큰롤러와 드러그와 섹스'를 통해 여전히 근대 문학의 부정성을 그린 수작이었던 데 반해, 이 소설은 문학이 지금 이런 유의 근대적 부정성만으로는 살아갈 수 없다는 것을 과거를 향해 열린 눈으로 간파하고 낮은 목소리로 읊조린 빼어난 작품이었다.

비행기가 이륙할 때, 조그만 창문으로 앞쪽이 아니라 뒤쪽을 돌아보는 승객이 있다. 앞으로 향할 이국 하늘이 아니라, 날아오르려는 비행기에서 점차 작아지는 지상의 사물에 눈을 돌리는 사람이 있다. 그 눈길에 어린 것을 나는 비애라고 부르겠다. 그것은 벤야민의 '새로운 천사'에 이어지는 것으로, 진정한 미래를 거머쥔 자만이 가질 수 있는 비애다.

2 — 싸우는 소설가

누구에게도 보이지 않는 곳에서 그의 고독한 전투는 계속되고 있었던 것이 아닐까? 그것은 부정성이 이미 헛돌다 스스로 무너지고 의미를 잃은 가운데, 그 몰락의 나락까지 함께하는 것, 거의 들리지 않는 부정성의 절망에 찬 중얼거림에 귀를 기울이는 것이다.

중국을 향한 눈길

초기 단편 3부작

이제 이런 질문을 던져볼 수 있다. 무라카미 하루키는 과연 어떤 사람인가?

왜냐하면 그는 자신이 어떤 인간이라고 말하는 스타일의 소설가가 아니고, 자신이 어떤 사람인지 잘 모른다는 불투명함에 가담하려는 신비화 성향이 농후하기 때문이다. 그는 자신은 그렇게 재능 있는 소설가가 아니라고 말한다. 또 자신은 평범한 인간이라고 말하고 싶어 한다.

이외에도 지금 무라카미 주위를 어떤 유의 부정확한 '정설'이 둘러싸고 있다는 사실도 이 질문을 하게 되는 이유가 될 수 있을 것이다. 가장 널리 유포된 정설은 무라카미가—적어도 초기에는—사회를 등진 디태치먼트detachment 소설가였다는 해석이다. 그러나 디태치먼트를 어떻게 정의하느냐에 따라 달라질 수 있다는 점은 제쳐놓고, 이것은 그렇게 정확한 파악은 아니다.

무라카미의 문학적 출발이 어땠는지는 앞서 말한 《바람의 노래를 들어라》에서도 나타나지만 그 후 그가 발표한 초기 단편들을 봐도 알 수 있다. 그는 데뷔 후 2년 동안을 표 2처럼 지냈다. 소설가로 데뷔한 후, 재즈 카페를 접고 소설에 전념하기로 결심하기까지의 족적이다.

1981년 6월 「우미」에 평론 연재를 시작할 때까지, 일본에 번역되지 않은 미국 소설의 소개를 겸한 서평을 「해피 엔드 통신」에, 영화평을 「태양」에, 그리고 몇몇 음반의 해설 등 소설을 제외한 글을 모두 메이저가 아닌 매체를 통해 발표했다. 《바람의 노래를 들어라》와 《1973년의 핀볼》로 그는 순식간에 새로운 도시 세대의 지지를 얻었다. 집필 의뢰가 수도 없이 날아들었을 것이다. 그런데 고르고 골라 쓴 글이 그 세 가지였다. 다른 한편에서는 소설을 썼다. 무라카미 특유의 집필 자세가 일찍이 확립된 것이다.

그리고 이 시기에 쓴 세 편의 중편 《바람의 노래를 들어라》, 《1973년의 핀볼》, 《거리와 그 불확실한 벽》, 그리고 세 편의 단

1979.	5	《바람의 노래를 들어라》로 군조 신인문학상 수상(「군조」 6월호)
	7	《바람의 노래를 들어라》 단행본 간행
1980.	1	「해피 엔드 통신」에 번역되지 않은 미국 소설 서평 연재(7월까지)
	2	《1973년의 핀볼》(「군조」 3월호)
	3	〈중국행 슬로보트〉(「우미」 4월호)
	6	《1973년의 핀볼》 단행본 간행
		「태양」에 영화평 연재(1981년 5월까지)
	8	《거리와 그 불확실한 벽》(「문학계」 9월호)
	10	무라카미 류 《코인로커 베이비스》 간행
	11	〈가난한 숙모 이야기〉(「신초」 12월호)
1981.	3	〈뉴욕 탄광의 비극〉(「브루투스」 3월 15일호)
		「트레플르」에 〈쓸모없는 풍경〉 연재(1983년 2월까지),
		후에 단편집 《캥거루 날씨》로 간행
	6	「우미」에 평론 〈동시대로서의 미국〉을 6회 연재(1982년 6월까지)
		이 해, 작가업에 전념하기 위해 가게를 접고 지바현 후나바시로 이사

편 〈중국행 슬로보트〉, 〈가난한 숙모 이야기〉, 〈뉴욕 탄광의 비극〉이 있다. 이 중 세 단편을 초기 3부작이라고 하자. 이 세 작품을 통해 드러나는 '싸우는 소설가'의 상을 나는—디태치먼트에서 멀리 물러난—무라카미 하루키의 근원적인 상이라고 생각한다.

중국을 향한 마음

첫 단편 〈중국행 슬로보트〉는 데뷔한 지 열 달 후 문예지 「우미」 1980년 4월호에 발표되었다. 첫 단편 소설을 쓰게 되었을 때, 무라카미가 선택한 주제는 자신과 중국 내지는 중국인의

관계였다. 제목은 재즈 스탠더드 넘버인 〈중국행 슬로보트〉로
했다. 그 가사의 첫 구절이 앞부분을 장식한다.

중국행 슬로보트
어떻게든 당신을
태우고 싶네
배는 전세내고, 단 둘이……
─옛 노래

화자인 '나'가 지금까지 자신의 인생에서 만난 세 명의 중국
인에 대해 이야기하는 것이 이 단편의 골자다.

처음 중국인을 만난 건 언제였을까?
이 글은, 말하자면 그런 고고학적 의문에서 출발한다. 다양한 출
토품에 라벨을 붙이고, 종류별로 구분하고, 분석을 가한다.
과연, 처음 중국인을 만난 건 언제였을까?
1959년 혹은 1960년이라고 나는 추정한다. 어느 해든 상관없다.
어느 해든 별 차이가 없다. 정확하게 말하면, 전혀 차이가 없다.

세련된 도시 풍속을 배경으로 새로운 감각을 표방하면서 데
뷔한 소설가가 문예지의 첫 의뢰로 쓴 첫 단편으로서는 이색적

이다. 편집자는 이 원고를 받고 의외로 묵직한 주제를 골랐다고 분명 의아해했을 것이다. 소설가 역시 문예지 측이 자신에게 원한 주제와는 다르다는 것을 분명히 인식했을 것이다. 즉 무라카미는 자신이 편집자가 기대하는 지평을 '배신하는' 글을 쓰고 있다는 것을 명확히 확고하게 자각하고 있었다.

〈중국행 슬로보트〉는 5장으로 이루어졌으며, 세 가지 일화가 담겨 있다.

일화 1 처음 만난 중국인은 자신이 사는 항구 도시의 산기슭에 있는 중국인 자녀를 위한 초등학교(이하 '중국인 학교')의 선생이다. 그곳은 모의고사장이었고, 그는 시험 감독관이었다. "마흔 살이 넘어 보이지는 않았지만, 왼쪽 다리를 바닥에 끌 듯이 약간 절룩거렸고, 왼손에는 지팡이를 짚고 있었다." 답안지를 나눠주기 전 그는 중국과 일본은 이웃 나라이며 사이좋게 지내지 않으면 안 된다는 이야기를 한다. "교실을 깨끗하게 사용하지 않으면 서로가 불쾌해집니다. 장난을 치지 않도록. 알겠나요?" 끝으로 이 온화한 선생은 "자, 얼굴을 들고 가슴을 쫙 펴세요"라고 교실에 있는 일본인 학생에게 말한다. "그리고 자부심을 가지세요." (6, 7년 후, '나'는 이때의 이야기를 데이트 중인 상대 여자에게 말한다. 여자도 같은 중국인 학교에서 모의고사를 치렀기 때문이다. 그러나 그녀는 아무것도 기억하지 못했다. 이런 이야기에는 관심이 없는 듯했다.)

일화 2 대학교 2학년 봄, 아르바이트하는 곳에서 과묵한 여대생을 알게 되었다. 열아홉 살인 그녀도 중국인이었다. 요코하마의 소규모 수입상 딸로, 일본에서 초등학교를 졸업하고 여대에 다니고 있었다. 간간이 대화를 나누게 되었고, 아르바이트 마지막 날, '나'는 그녀를 디스코장에 데리고 간다. 디스코장에서 나온 후, 신주쿠 역 플랫폼에서 연락처를 받고 전철에 태워 보낸다. 그런데 그건 그녀가 오빠와 같이 사는 고마고메가 아닌 그 반대 방향으로 가는 전철이었다. 서둘러 고마고메 역으로 가서 전철을 바꿔 타고 오는 그녀를 기다렸다가 사과하자, 그녀는 그런 일을 종종 당했는지 "일부러 그런 줄 알았어" 하면서 운다. 급기야 "애당초 여기는 내가 있을 곳이 아니야"라는 말도 한다. 그 '여기'라는 말이 일본이라는 나라를 뜻하는 것인지, 우주 공간에 떠 있는 '여기'를 뜻하는 것인지 '나'는 판단이 서지 않는다. '나'는 몇 번이나 사과하면서 내일 다시 만나자고 설득하고서 "전화할게" 하고는 헤어진다. 그런데 어이없게도 헤어진 직후에 연락처를 적은 성냥갑을 빈 담뱃갑과 함께 버리고 만다. 연락처가 없다. 그 후 아르바이트 장소 등 여기저기를 찾아다녔지만 어디에도 그녀의 연락처는 없었다. 결국 '나'는 두 번이나 그녀를 배신하고 만다.

일화 3 고등학교를 졸업한 지 10년쯤 되었을 때, 스물여덟 살의 '나'는 결혼한 지 6년이 지나 있었다. 어느 날 카페에서 한 남자가 '나'에게 말을 건다. 그는 '나'의 이름을 말하는데, '나'는 상대가 누구인지 모른다. '나'는 기억나지 않는다고 하자, 상대는 너는 옛일을 잊고 싶어 하니 그렇겠지만, 자신은 옛일을 하나도 빼놓지 않고 기억하고 있다고 한다. 그렇게 대화를 하다가 그가 백과사전 파는 일을 하고 있다는 걸 안 순간 '나'는 시큰둥해진다. 그 남자에 대한 관심이 싹 사라진다. 얼굴이 약간 붉어지기까지 한다. 그때, 상대가 말한다. "아니 그렇게 긴장할 거 없어. 일본 사람에게는 팔지 않아도 되니까." '나'의 머릿속에서 무언가가 반짝 빛난다. "기억났다!" "정말?" '나'는 생각난 이름을 말한다. 고등학교 시절에 알던 중국인이다. 동창생. 팸플릿을 달라고 하자, 상대는 나중에 보내주겠다면서 주소를 가르쳐달라고 한다. '나'는 수첩을 뜯어 주소를 써서 그에게 건넨다. 그는 그것을 반듯하게 넷으로 접어 명함 지갑에 넣는다.

이 세 가지 일화에 앞서 '나'의 초등학교 시절, 동네 야구를 하다가 넘어진 기억이 등장한다. 일화가 끝난 후에도, 도내를 달리는 야마노테 선에서 바라보이는 풍경이 기술된다. 처음에 등장한 넘어진 기억은 '죽음'으로 이어지고, "그리고 죽음은 어째서인지 중국인을 기억나게 한다"라는 말과 함께 세 가지 일화의 회상이 이어진다. 다만 이 일화들만으로는 죽음과 중국인의 연결고리가 설명되지 않는다. 이 어중간한 상태는 마지막 장에서 다시 부상한다.

'나'는 전철 표를 잃어버리지 않게 손에 꼭 쥐고 차창 너머 거리 풍경을 바라본다. "애당초 여기는 내가 있을 곳이 아니야"라던 중국인 여자의 말이 떠오른다. 지금은 서른 살이 넘은 나이. 그 후로 중국에 관한 수많은 책을 읽었다. 그러나 어디든 갈 수 있고, 어디에도 갈 수 없다는 현재의 기묘한 폐쇄감이 제시되고, 그럼에도 '나'는 "언젠가 모습을 나타낼지도 모르는 중국행 슬로보트를 기다리려 한다." 그리고 "중국 거리의 빛나는 지붕을 상상하고, 그 푸르른 초원을 상상하려 한다."

> 그러니 이제 아무것도 두려워하지 않으리라. 클린업이 내각슛을 두려워하지 않는 것처럼. 혁명가가 교수대를 두려워하지 않는 것처럼. 만약 그 일이 정말 이루어진다면……
>
> 친구여,
>
> 친구여, 중국은 너무도 멀다.

이렇게 갑작스럽고 의미가 명확하지 않은 독백으로 첫 단편은 끝난다.

전투와 건투

이렇게 소설을 끝낸 방식에는 집필 당시 소설가의 확고한 의지가 투영되었을 것이다. 편집자가 이 황당한 끝마무리를 그냥 넘기지 않았을 것이기 때문이다. 세 가지 일화와의 연관성을 분명히 해야 하지 않겠는가? 너무 애매하다. 그러나 이 젊고 고집스러운 소설가는 어떤 설명도 덧붙이지 않는다는 지조를 지켰을 것이다.

그로부터 10년 후인 1990년, 무라카미는《무라카미 하루키 전 작품》, 즉 첫 전집을 간행하게 되었다. 그 후기에서 이 작품을 언급하면서 "내 입으로 말하자니 낯간지럽지만 꽤 건투했다고 생각한다"라고 말하는 한편, "중반 이후, 손질을 많이 했다"라고 한다. 손질된 흔적이 분명한 곳은 세 번째 일화 이후인데, 그중에서도 고쳐 쓴 다음 부분은 중요할지도 모르겠다. 세일즈맨인 고등학교 동창생과 헤어지는 장면이다.

나는 그때 그에게 무슨 말인가 하고 싶었다. 두 번 다시 그를 만나는 일은 없을 거라 생각했기 때문이다. 내가 그에게 하고 싶었던 말은 중국인에 관한 것이었다. 그러나 나 자신이 대체 무슨 말이 하고 싶은지를 정확하게 파악하고 있지 않았다. 그래서 나는 말하지 않았다. 그저 사람과 헤어질 때 늘 쓰는 말을 했을 뿐이다.

지금 역시 말할 수 없을 것이라고 생각한다.

밑줄을 그은 부분에 대해서는 나중에 언급하겠지만, 이 부분에 대해서 나는 일본의 젊은 독자들을 넘어 내 가상의 아시아 친구들에게 묻고 싶다. 이렇게 수정된 부분을 당신들은 지금, 어떻게 읽었느냐고.

1990년 전집에서, 이제는 꽤 시야가 넓어진 무라카미 자신이 과거의 작품을 평하며 '꽤 건투했다'고 한 것은, 당시 사회가 원하는 기대의 지평에 동조하지 않고 소위 반시대적인 주제를 고집했던 점을 가리킨다. 반시대적인 주제란, 한마디로 중국에 대한 죄책감일 것이다. 이 작품에서는 말할 수 없었던 "죽음은 어째서인지 중국인을 기억나게 한다"라는 말의 배경은 그로부터 19년 후인 2009년 이스라엘 땅에서 행해진 예루살렘상 수상 연설에서 아버지에 대한 기억과 함께 이렇게 밝혀진다.

나의 아버지는 작년 여름에 아흔 살로 돌아가셨습니다. 그는 은퇴한 교사이며 파트 타임 승려이기도 했습니다. 대학원 재학 당시 징병되어 중국 대륙의 전투에 참가했습니다. 내가 어렸을 때 그는 매일 아침을 먹기 전에 불단 앞에서 길고 무거운 기도를 올렸습니다. 그런 아버지에게 한 번 물어본 적이 있죠. 무엇 때문에 기도를 올리느냐고 말입니다. 그는 "전쟁터에서 죽어간 사람들을 위해서"라고 답했습니다. 아군과 적군의 구별 없이, 그 전쟁에서 목숨을 잃은 사람을 위해서 기도한다고 말이죠. 기도하는 아버지 모습을 뒤에서 보면, 거기에는 늘 죽음의 그림자가 어려 있는 것처럼 느껴졌습니다.

아버지가 돌아가시고, 그의 기억도 — 그것이 어떤 기억인지 나는 모른 채 — 사라지고 말았습니다. 그러나 거기에 있던 죽음의 기척은 아직도 내 기억에 남아 있습니다. 그것은 내가 아버지에게 물려받은 몇 가지 안 되는 것들 중에 소중한 한 가지입니다.

〈벽과 알〉, 《잡문집》

1980년에 "죽음은 어째서인지 중국인을 기억나게 한다"라고 했던 말의 깊은 근원이 드디어 모습을 드러냈다. 물론 그 이유는 연설문에는 나오지 않지만, 일본이 중국을 침략한 사실을 아버지를 통해 무라카미 역시 인식했기 때문일 것이다(그 '기척' 탓에 무라카미는 지금도 중국 요리를 먹을 수 없다는 듯하다). 그 침략은 그의 아버지가 관여했던 일이며 그 자신의 나라가 관여했던 일이기에 그와도 연결된다. 이런 사실이 무라카미에게 '죽음의 기척'으로 전해지고, 나아가 '아버지에게 물려받은 몇 가지 안 되는 것들 중에 소중한 한 가지'가 되어 중국과 중국인을 쓰기에 이른 것이다.

그러나 이런 흐름만으로는 쉽게 소설이 될 수 없다. 그를 움직인 것은 단순한 죄책감이 아니라 그런 유의 부정성을 그대로 말하는 것이 이미 유효하지 않은 세계에 우리가 살고 있다는 선구적인 자각이기 때문이다.

그 같은 시대에 부정성을 어떻게 살아남게 할 것인가, 또는 어떤 방식으로 부정성 쪽에 설 수 있을 것인가? 지금 중국에 대한 죄책감이란 이미 고루한 전후 문학의 부정성이 내세우는 전형이지 않은가? 따라서 중국인 학교에서 처음 만난 중국인 선생의 말은 '나'를 통해 첫 데이트를 한 상대 여자에게 발현된다. 여자는 말할 것이다. "어? 그런 일이 있었나? 난 전혀 기억이 없는데."

아마도 그녀 쪽 말이 옳으리라. 몇 년 전에 어느 책상에 낙서를 했는지 안 했는지 따위는 아무도 기억하지 않는다. 옛날 일이고, 게다가 어느 쪽이든 상관없는 일이다.

이 부분은 10년 후에는 삭제되었는데, 집필 당시에는 반드시 써야만 했다. 그때 무라카미 하루키의 전투는 동시대의 누구도 기대하지 않았으며 환영도 이해도 하지 않았을뿐더러 아주 촌스런 것으로 부정성의 틀에 갇힐 수도 있는, 신인 소설가에게는 위험하기 짝이 없는 시도였다. 그럼에도 무라카미 하루키는 굳이 하려고 했다. 거기에서 자신의 문학적 경력을 시작하려 했다. 이것이 그의 전투가 지닌 의미이며, 10년이 지나 그가 스스로를 '건투했다'고 평한 이유였다.

가난한 사람들과
작은 이웃

반시대적인 우화

다음 작품인 〈가난한 숙모 이야기〉(1980년 11월)에서는 긍정성의 시대에 부정성을 향한 시선을 주제로 쓰는 반시대적인 시도 자체가 하나의 우화로 그려진다.

어느 7월의 오후, 신궁神宮 회화관 앞 연못가에 동행과 앉아 있던 '나'의 귀에 "설탕을 너무 넣은 커피처럼 달짝지근한 팝송"이 들린다. 사랑을 잃었다느니, 잃을 것 같다느니 하는 노래다. 전형적인 상실감의 노래. '나'는 신진 소설가인데, 그때 갑자기 '가난한 숙모'라는 상반되는 이미지가 떠올라 '나'의 강박관념이 된다. 왜 그런 이미지가 떠올랐는지는 모른다. 그런데도 '가

난한 숙모'에 대해 쓰고 싶다는 말을 해서 여자 친구를 당혹스
럽게 한다. 결혼식 사진마다 꼭 한 명씩은 있는, 친척들이 아무
도 말을 걸어주지 않는 '가난한 숙모'다.

　마침내 그 숙모는 말 그대로 그의 등에 찰싹 달라붙는다. 그
러고는 떨어지지 않는다. 친구들은 불쾌해한다. "신경이 쓰이
고, 왠지 답답해서"라고 한다. 그것은 사람들이 가진 죄의식의
근원을 상징하는 듯하다.

　그러나 그와 동시에 내 주위에서 친구들이 하나 둘, 마치 빗살이
부러져 떨어지듯 사라져갔다.

　"녀석 자체는 나쁘지 않은데 말이야"라고 그들은 말했다. "다만
만날 때마다 어머니(혹은 식도암으로 죽은 늙은 개나 불에 덴 흉터가 남아 있
는 여선생) 얼굴을 봐야 하니, 도무지."

'나'는 TV 모닝쇼에도 출연하게 된다. 등에 달라붙은 숙모는
이제 마치 '나'와 하나가 된 것처럼 보인다.

　여기까지가 전 단계다. 후 단계는 이렇다. 어느 날 '가난한 숙
모' 강박관념이 사라진다. 계기는 한 여자아이였다.

　가을이 끝날 무렵, '나'는 텅 빈 교외 전철에서 두 아이를 데
리고 탄 젊은 엄마와 마주앉게 된다. 남자아이가 누나의 모자
를 손에 들고 장난을 치기 시작한다. 누나가 엄마에게 뺏어달

라고 호소한다. "조용히 있으라고 했지?" 엄마는 지쳐 있다. 모자는 거의 찌그러져가고 있다. 누나가 갑자기 동생의 어깨를 밀치면서 모자를 빼앗자, 동생이 왕 울음을 터뜨린다. 이와 동시에 엄마가 여자아이의 무릎을 찰싹 때린다. 누나는 항의한다. 엄마는 들어주지 않는다. 여자아이는 입술을 꼭 깨물고 얼굴을 옆으로 돌린 채 좌석에 놓인 모자를 빤히 노려본다. 그리고 "저리 가 앉아 있어"라는 말을 엄마에게 몇 번이나 듣고는 어쩔 수 없이 자리를 옮겨 '나'의 옆에 앉는다.

여자아이는 잠시 후 어깨를 떨면서 울기 시작한다. '나'는 자신의 손을 본다. 손은 마치 몇 사람의 피를 흠뻑 빨아들인 것처럼 거무칙칙하고 더럽다. 아무도 도울 수 없는 손이다. '나'는 옆에서 훌쩍거리는 여자아이의 어깨에 살며시 손을 얹고 싶다. 그러나 여자아이가 겁을 먹게 될 뿐이라고 생각하고 어쩔까 망설이다가 겨우 마음을 접는다.

마침내 그는 전철에서 내린다. 그리고 깨닫는다. '가난한 숙모'가 어느 틈에 자기 등에서 사라졌다는 것을.

작은 동정이 주는 해방감

이렇게 요약해보면 알 수 있듯이, 이 단편은 소위 프롤레타리아라 불리는 '가난한 사람들'에 대한 관념적인 죄악감을 떨치지 못한 채 풍요로운 사회를 맞은 한 청년의 기묘한 강박 증세와 그것으로부터의 해방을 그린 소설이다. 그 부정성의 행로를 도시를 무대로 한 긍정성의 '달콤한' 설탕에 버무려 그렇게 보이지 않도록 경쾌하게 그렸다.

1980년대 초엽, 풍요로운 사회의 한가운데에서 도시 속 사람들의 상실을 노래하는 챔피언으로 주목받던 신인 소설가가 '가난한 사람들'에 대한 죄악감의 행로를 쓰려고 했다. 이야기의 주인공은 고립되고 끝내는 죄악감의 포로가 되다 못해 죄악감이 그에게 들러붙어 강박관념으로까지 발전한다. 그렇다면 그는 그 강박관념에서 어떻게 자유로워질 수 있을 것인가? 그는 옆에서 훌쩍거리는 여자아이를 위로하고 싶다. 울지 않아도 된다, 네 잘못이 아니라고 말하면서. 그러나 그러지 못한다. 그는 괴로워한다. 작은 불운에 처한 여자아이에 대한 작은 동정과 그걸 표현하지 못하는 답답함. 그러나 깨닫고 보니 그것이 그를 강박관념으로부터 해방시켰다. 아무도, 그 자신도 할 수 없는 일이었는데 말이다.

안타까운 존재에 대한 작은 동정과 공감. 그 미세한 마음의 움직임이 안타까운 사람들에 대한 죄악감이라는 거대한 강박관념을 어루만지고 와해시킨 것이다. 이 이야기는 이렇게 '와해'를 거쳐 다음과 같은 종장의 말로 끝난다.

만약, 하고 나는 생각한다. 만약 만 년 후에 가난한 숙모들만의 사회가 출현한다면, 그녀들은 나를 위해 그 사회의 문을 열어줄까? 거기에는 가난한 숙모들이 뽑아 구성된 가난한 숙모들의 정부가 있고, 가난한 숙모들이 핸들을 잡은 가난한 숙모들을 위한 전철이 다니고, 가난한 숙모들이 쓴 소설도 존재할 것이다.

아니, 그녀들은 그런 것들이 필요하다고 느끼지 않을지도 모른다. 정부도 전철도 소설도…….

'나'는 만약 그 세계에 한 편의 시가 파고들 여지가 있다면, 시를 써도 좋다고 생각한다. '가난한 숙모들'의 계관시인이다. 물론 이 '가난한 숙모들'이란 1980년대 일본에서 가난했던 사람들, 즉 지금은 모습이 보이지 않는 프롤레타리아의 다른 이름이다.

무슨 말인가 하고 싶었다
그러나 아무 말도 하지 않았다

과거에는 '가난한 숙모들'의 나라였으나 지금은 GDP 세계 2위인 대국 중국의 소설가와 이 시기로부터 일본과 비슷하게 극적인 발전을 이룩해 GDP가 30배로 증가한 한국의 학자는 이런 소설을 어떻게 읽을까? 지금 시각에서 보면 다소 순진한 시도였는지도 모른다. 그러나 읽을 가치도 없는 젊은이 취향의 문학인가? 그렇게 단언해도 좋은가?

1990년 자신의 전집에 실은 〈내 작품을 말한다〉에서 무라카미는 이 작품에 대해 "〈중국행 슬로보트〉를 쓴 경험을 바탕으로, 소설을 쓰는 행위를 문장적으로 검증해보고" 싶었고, 그 때문에 "소설 자체도 이중 구조를 갖고 있다"라고 말했다. 자신은 "꽤 의욕을 갖고 쓴 작품"이었으나 "주제가 너무 커서 신진 작가가 감당하기 어려운 부분이 있었다"라고 말하기도 했다.

그는 이 작품을 게재한 잡지 「신초」의 담당 편집자와 몇 번이나 수도 없이 토론을 거쳐 얇은 종이를 쌓아올리듯 꼼꼼하게 손질했다. 그럼에도 10년 후의 시선으로 보면 결함이 많았다. 그래서 다시 손질했다. 수정한 부분 중에서 중요한 곳은 다음과 같다. 밑줄을 그어보겠다. 여자아이가 옆자리에 온다. 그리고 운다.

나는 옆에서 훌쩍거리는 여자아이의 어깨에 손을 얹고 위로해주고 싶었다. 네가 한 행동은 조금도 잘못되지 않았고, 모자를 다시 빼앗을 때의 그 날랜 솜씨는 정말 대단했다고 말해주고 싶었다. 물론 나는 여자아이에게 손도 대지 않았고 아무 말도 하지 않았다. 그랬다면 그 아이는 더욱 혼란에 빠지고 겁을 먹었을 것이다.

《무라카미 하루키 전 작품 1979~1989 ③》

거대한 강박관념과 죄악감과 동정하는 작은 마음의 움직임이 이런 곳에서 균형을 이루고 있다. 앞에서 인용한 〈중국행 슬로보트〉의 수정된 부분과 함께 이는 10년 후의 심경 변화를 가리키고 있다는 점에 주목하자(무슨 말인가 하고 싶었으나 아무 말도 하지 않았다). 《바람의 노래를 들어라》의 '비애'가 모습을 바꾸어 이렇게 수정된 부분에 도드라지게 살아 있는 것이다.

기존의 부정성에서 멀리 떨어져 있으며, 이제 손도 댈 수 없고 아무 말도 할 수 없다. 그런 머뭇거림의 장소에 새로운 부정성이 출현하려 하고 있다. 2010년대인 현재, 우리는 '맛있군!', '하고 싶은데!', '마음에 들어!'로 점철된 태평한 상향선의 사회에 살고 있지 않다. 오히려 귀 기울이면 헤이트 스피치 같은 못난 외침까지 들린다. 지금 이 작품들을 신선하게 읽는 독자도 있을 것인가?

'우치게바'로 죽은
사람에 대한 관심

뉴욕에는 탄광이 없다

세 번째 단편 〈뉴욕 탄광의 비극〉은 〈가난한 숙모 이야기〉에서 4개월이 지난 1981년 3월, 젊은이들 취향의 강경파 엔터테인먼트 잡지 「브루투스」에 실렸다. 내 생각에 이 시기에 행해진 무라카미의 시도는 지금도 거의 정당하게 해석되고 있지 않다. 그중에서도 유난히 해석의 난맥을 보이는 작품이 바로 〈뉴욕 탄광의 비극〉이다.

'나'는 스물여덟 살. 이 해에 유난히 장례식이 많았다. 그래서 장례식용 검은 정장과 검은 넥타이, 검은 구두를 가진 친구 집에 자주 드나들었다. 이야기는 이 친구의 다소 색다른 프로필(그는 태풍이 몰아치는 밤에 동물원을 찾는 취미가 있다. 아담한 아파트에 살고, 외국계 무역회사에 다니고, 반년마다 여자 친구를 갈아치운다)을 묘사하고, 그해에 죽음이 어떻게 '나'의 주위에 몰려왔는지(일 년 사이에 다섯 명이나 줄줄이 죽었다)를 설명하고, 그다음 친구에게 장례 복장을 돌려주러 갔을 때 둘이 나눈 대화를 기술한다(둘은 맥주를 마시면서 담소를 나눈다). 그리고 두 가지 기묘한 일화를 둘러싼 이야기가 이어진다.

첫 번째 일화는 그해의 마지막 날 롯본기 근처에서 열린 파티 이야기다. '나'는 한 여자를 알게 되는데, 그녀의 입에서도 죽음 이야기가 나온다. "5년 전, 지금의 당신과 비슷한 나이일 때, 나는 당신과 아주 닮은 사람을 죽였다"라고 그녀는 말한다.

그리고 두 번째 일화. 이번에는 낙반 사고가 발생한 탄광에 갇힌 광부들 이야기로 이어진다. 제목인 〈뉴욕 탄광의 비극〉과 무슨 관계가 있지 않을까 생각되는 이유는 그가 작품에 인용한 다음 글이 비지스의 노래 〈뉴욕 탄광의 비극 1941〉의 가사와 대응되기 때문이다.

지하에서는 구조 작업이
계속되고 있을지도 모른다.
아니면 모두들 포기하고
벌써 철수한 것일까.

파티 장면이 끝나자 단락이 바뀌면서 무너진 갱내 장면이 그려진다. 길지만 전문을 인용해보겠다.

공기를 아끼기 위해 램프를 불어 끄자 사방은 칠흑 같은 어둠에 휩싸였다. 천장에서 5초 간격으로 떨어지는 물방울 소리만 어둠 속에 울렸다.

"모두들, 최대한 숨을 쉬지 마. 남은 공기가 별로 없어."

늙은 광부가 그렇게 말했다. 나직한 목소리였지만, 그런데도 천장의 암반이 우지직거리는 희미한 소리가 났다. 광부들은 서로서로 몸을 바짝 기대고, 귀를 기울이고, 오직 한 가지 소리가 들리기만을 기다렸다. 곡괭이 소리, 생명의 소리다.

그들은 벌써 몇 시간이나 그렇게 기다리고 있다. 어둠이 조금씩 현실을 녹여갔다. 모든 것이 아주 오래전, 저 먼 세계에서 벌어진 일처럼 생각되었다. 또는 모든 것이 먼 훗날, 어딘가 먼 세계에서 일어날 일인 것처럼 생각되기도 했다.

"모두들, 최대한 숨을 쉬지 마. 남은 공기가 별로 없어."

밖에서는 물론 사람들이 구멍을 파 내려가고 있다. 마치 영화의 한 장면처럼.

이렇게 작품은 끝난다. 의미를 알 수 없는 채로.

우치게바의 비극

이 단편은 오래도록 일본 문학 교수들에 의해 '일상생활에 숨어 있는 죽음의 부조리하고 갑작스러운 분출'이라는, 의미를 알 수 없는 난해한(?) 문맥으로 파악되어왔다. 죽음의 '위기감'의 '절단'의 감촉이라느니(야마네 유미에), 이 세계가 '비현실'이고 죽은 자들의 세계가 '현실'이라는 부조리한 현실감이라느니(마사키 다카시), 삶이 죽음으로 이어지는 '비극'이라고(야마구치 마사유키) 말이다. 하지만 이런 해석은 아무런 의미가 없다. 듣는 쪽이 오히려 당혹스러울 뿐이다.

물론 어떤 식으로든 해석이야 가능하지만 나는 이렇게 해석한다. 이 작품은 세상으로부터 버림받은 종말기의 비참한 학생운동, '우치게바'라는 이름으로 알려진 신좌익 학생운동의 처참한 말로, 또는 낙반 사고로 사회에서 격리된 사람들에게 보내는 관심을 그리고 있다. 또 지나친 해석이라 여길지 모르겠으나, 이 작품에는 '쥐'의 경우와 마찬가지로 그들의 몰락과 비참하고 절망적인 비극에 동정심을 품고 관심을 보내는 사소한 커미트먼트commitment가 담겨 있다.

'우치게바'라는 말은 '내부 게발트Gewalt('폭력'을 뜻하는 독일어)'의 약칭이다.* 이는 전공투 운동이라 불렸던 학생운동의 실추와

•

일본어에서 內는 '우치'로 발음하고, 이 특정의 단어는 원어대로 사용하기로 한다.

퇴조의 과정에서 1970년대에 들어 특히 가쿠마르 파(혁명 마르크스주의 파), 주카쿠 파(중핵파) 등 반일공계 파벌 사이에 치열한 격전이 벌어졌는데, 섬멸(그들의 용어로 상대를 폭력적인 방법으로 근절한다는 뜻)에 따른 당파당쟁, 폭력적인 대립, 항쟁을 가리키는 말이다. 우치게바는 이 단편이 쓰인 1980년대 초엽까지도 이어지고 있었다.

정말이지 장례식이 많은 해였다. 내 주위에서 친구들과 과거의 친구들이 잇달아 죽어갔다. 마치 햇살이 쨍쨍한 여름날의 옥수수밭 같은 광경이었다. 스물여덟 살이었다.

친구들도 비슷한 나이였다. 스물일곱, 스물여덟, 스물아홉…… 죽기에는 적절하지 않은 나이다.

이 부분을 1949년에 태어난 무라카미와 비교해보면, 작품의 현재 시점은 1977년이 된다. 집필 시기는 1981년 초반이므로 4년 전 일을 이야기하는 셈이다. 표3을 통해 우치게바에 따른 사망자 수의 추이를 보면 연간 사망자 수가 마지막으로 두 자릿수를 보인 해를 무대로 이 작품이 쓰인 것을 알 수 있다. 지금은 이 수치를 들으면 다들 놀란다. 그러나 표에서 알 수 있듯이 1971년에서 1981년에 이르는 10여 년 동안 신좌익 간의 당파 투쟁, 내부 항쟁으로 아흔네 명의 ─ 대부분 대학생 또는

표 3 우치게바에 따른 사망자 수

연도	인원(명)	연도	인원(명)
1969	2	1982	1
1970	1	1983	0
1971	8	1984	0
1972	14	1985	0
1973	2	1986	2
1974	11	1987	0
1975	21	1988	1
1976	3	1989	3
1977	**10**	1990	0
1978	7	1991	0
1979	8	1992	1
1980	8	1993	1
1981	2	1994~1998	0
		1999~2001	7

이전에 학생이었던 ─ '가난한 숙모의 나라'를 만들려는 초심을 잃지 않은 활동가들이 궁지에 몰린 쥐꼴로 서로를 죽였다.

사회와 격리된 공간에서 1969년부터 2001년에 이르는 약 30년 동안 발생 건수는 1,960건, 부상자 수는 4,600명, 사망자 수는 100명이 넘는다. 그리고 그 중심에 가쿠마르 파의 아성이라 불렸고 무라카미 하루키가 수학했던 와세다대학 문학부가 있었다. '나'의 이야기는 계속된다.

시인은 스물하나에 죽고, 혁명가와 로큰롤러는 스물넷에 죽는다. 그 나이만 넘기면 당분간은 어떻게든 헤쳐 나갈 수 있겠지, 하는 것이 우리들 대부분의 예측이었다.

(중략)

우리는 머리를 자르고, 매일 아침 수염도 깎았다. 우리는 시인도 혁명가도 로큰롤러도 아니다. 술에 취해 전화 부스 안에서 잠들거나, 지하철 안에서 버찌를 한 봉지 먹거나, 새벽 네 시에 도어스의 LP를 방방 틀어놓고 듣는 일도 그만두었다. 아는 사람을 통해 생명보험에도 들었고, 술은 호텔 바에서 마시게 되었고, 치과에 가면 영수증을 챙겨 의료 공제도 받았다.

이래저래, 벌써 스물여덟이니 말이다…….

예기치 못한 살육이 시작된 것은 그 직후였다. 불의의 습격이었다고 해도 무방할 것이다.

처음 죽은 자는 중학교 영어 선생을 하던 대학 시절 친구로, 결혼한 지 3년 되었고, 아내는 출산을 위해 연말부터 시코쿠에 있는 친정에 내려가 있었다. 그는 1월의 일요일 오후, 욕조 안에서 손목을 긋고 미련 없이 죽었다. 스물여덟 살이었다.

그 후 일 년 사이에 네 명이 죽었다. 3월에는 중동의 유전 사고로 한 명, 6월에는 심장 발작과 교통사고로 각각 한 명, 7월부터 11월까지 평화로운 계절이 이어지다, 12월 중순에 마지막 한 명이 역시 교통사고로 죽었다. 스물네 살이었다.

12월에 죽은 여자 친구는 그해에 죽은 이들 중에 가장 나이가 어렸고 유일한 여자였다. (중략)

크리스마스를 앞둔 싸늘한 비가 내리는 저녁, 맥주회사의 운송 트럭과 콘크리트 전신주 사이의 비극적인(그리고 아주 일상적인) 공간에서 그녀는 짓뭉개지듯이 죽어갔다.

무라카미는 1968년에 대학에 입학했고, 1974년부터 역시 캠퍼스에서 만나 훗날 결혼하게 되는 아내와 재즈 카페를 운영하기 시작했다. 1975년에 졸업했는데 재즈 카페는 그 후에도 계속했다. 회사원으로 사회의 일원이 되기를 강한 의지로 거부했다는 점에서는 — 무관심 세대이기는커녕 — 이들 반체제 젊은이들 중에서도 가장 좌익에 위치한다. 비록 재즈 카페의 경영 자금 일부를 장인에게 빌렸지만 나머지는 둘이 아르바이트해서 번 돈으로 충당했다. 일본 사회와 체제에 대한 거부감이 어지간히 강하지 않고는 이렇게 할 수 없다. 이 시기, 애당초 상실감과는 전혀 거리가 먼 이질적인 마음이 두 사람을 움직였던 것이다.

파병 병사의 고립감과 절망감

내가 이렇게 해석하는 근거는 이 작품이 제목으로 차용한 당시 록 밴드 비지스의 〈뉴욕 탄광의 비극 1941〉을 바탕으로 쓰였다고 생각하기 때문이다.

이 점에 대해서는 무라카미의 증언도 있다. 약 10년 후에 쓴 〈내 작품을 말한다〉에서 그는 "이 작품도 제목에서 시작된 이야기다. 물론 초기 비지스의 히트송 제목이다. 그러나 담당 편집자는 당시 이 작품의 게재를 달가워하지 않았다. 비지스가 세련되지 않다는 것이 그 이유였던 것으로 기억한다"라고 한 후 이렇게 기술했다.

물론 그럴 수도 있지만, 그렇게 말해서 나로서는 몹시 난감했다. 나는 이 노래의 가사에 끌려, 아무튼 〈뉴욕 탄광의 비극〉이라는 제목의 소설을 쓰고 싶었다.

이 노래는 비지스의 1967년 데뷔곡으로, 직접적으로는 그 전해에 있었던 영국 웨일즈 지방의 탄광 사고를 바탕으로 하고 있다. 1966년 호우 때문에 지반이 약해지면서 쌓여 있던 석탄산이 무너져 116명의 아이들과 28명의 어른이 희생당했다. 그러나 가사에서는 낙반 사고로, 탄광의 소재지는 뉴욕으로, 그리고 1941년에 생긴 사고로 변형되었다.

물론 뉴욕에는 탄광이 없다. 또 1941년에는 낙반 사고도 발생하지 않았다. 그러나 노래의 제목은 정확하게 〈뉴욕 탄광의 비극 1941〉이며 이 단편의 원래 제목도 그랬을 가능성이 있다.

처음 작품이 실린 「브루투스」에 일본 제목과 병기된 영어 원제가 이것이기 때문이다. 역시 '세련되지 않다'는 이유로 꺼린 것일까? 무라카미가 끌렸다는 가사는 다음과 같다.

In the event of something happening to me

내게 무슨 일이 생기면

There is something I would like you all to see

여러분에게 보여주고 싶은 게 있어

It's a photographs of someone that I knew

내가 아는 사람의 사진인데

Have you seen my wife, Mr. Jones?

존스 씨, 내 아내를 만난 적이 있나요?

Do you know what it's like on the outside?

바깥은 지금 어떻게 돌아가고 있는지 아나요?

Don't talking too loud you'll cause a landslide, Mr. Jones

존스 씨, 큰 소리로 말하지 말아요. 산사태가 생길 수도 있으니

I keep straining my ears to hear a sound

나는 귀 기울이고 있어요

Maybe someone is digging underground

지하에서는 지금도 구조 작업이 계속되고 있는지도 모르죠

Or have they given up and all gone home to bed

아니면 다들 포기하고 철수했을까요?

Thinking those who once existed must be dead?

생존자는 이미 없다고, 절망이라고 생각하고서?

낙반 사고로 지하에 갇힌 광부들이 있다. 거기에서 한 젊은이가 독백한다(1연). 젊은이와 존스 씨의 대화. 젊은이는 존스 씨에게 자기 아내의 사진을 보여주고, 갱 밖의 일을 묻고는 큰 소리로 말하지 말라고 한다(2연). 다시 젊은이의 독백. 구조대가 근처까지 와 있는 것일까, 아니면 자신들은 이미 버려진 것일까(3연).

이색적인 가사이지만, 그 의미를 생각해본다면 이 노래가 1967년에 발표되었다는 점이 열쇠가 될 것이다. 1965년 북베트남 폭격 개시 후 베트남 전쟁은 날로 격화되었다. 존스 씨는 이 폭격의 주인공인 미국의 존슨 대통령일 것이다. 휴전이나 종전의 기미는 보이지 않고 국제적으로도 미국의 고립은 깊어졌다. 미국 내에서도 전쟁을 반대하는 기운이 고조되었다.

국내에서도 지지하지 않을뿐더러 대의도 없는 전쟁 때문에 미국의 젊은 병사들은 멀리 베트남 땅의 뜨거운 전쟁터로 끌려가 후방 사람들에게는 거의 잊히고 격리된 지옥 같은 장소에

서 나쁜 전쟁을 치른다. 이런 정세 속에서 이 노래는 뉴욕 탄광의 낙반 사고로 갱도에 갇힌 갱부들이라는 가공의 설정을 통해 젊은 병사들의 고립감과 절망감을 노래한다. 당시 이 노래가 전쟁에 대한 반대와 혐오의 의미로 널리 받아들여진 것은 이 때문이다. 1941년은 미국이 제2차 세계대전에 참전한 해다. 베트남 전쟁의 환유일 것이다. 1941년에 발생한 뉴욕 탄광의 비극이란 진행 중인 베트남 전쟁의 비극이며, 이 젊은 록 밴드는 그 비극을 후방 사회에서, 지구의 반대쪽 전쟁터에 유기된 젊은 병사들의 고립된 입장에서 노래한다.

치환과 역전

그렇다면 무라카미는 이 노래의 가사 어디에 그렇게 끌렸던 것일까? 힌트는 제목의 선택에서 얻을 수 있다. 무라카미는 이 설정을 역이용해 1970년대 자신의 이야기로 치환한다. 실마리는 시점의 전환과 고립된 자의 치환에 있다. 앞서 인용된 가사에 앞뒤로 빠진 부분을 보충하면 다음과 같아진다.

> (나는 귀 기울이고 있다)
> 지하에서는 구조 작업이
> 계속되고 있을지도 모른다.
> 아니면 모두들 포기하고

벌써 철수한 것일까.

(생존자는 이미 없다고, 절망이라고 생각하고서?)

학생운동이 쇠퇴하자 막다른 골목에 갇힌 것처럼 고립이 심
화된 그들은 내향화되었다. 일반 사회의 지지마저 잃은 신좌익
파벌의 잔당이라 해야 할 젊은이들이 상대를 습격하고, 재기가
불가능한 지경으로 부상을 입히거나 인사불성에 빠뜨리다 못
해 살해하는 우행을 서로가 계속해서 저질렀다. 1975년에는
하니야 유타카 등의 지식인들이 "혁명적 공산주의자 동맹 양
파에 제언한다"며 우치게바의 중지를 호소했다. 그러나 양 파
벌은 수용하지 않았다. 우치게바의 밖에 있던 사람들은 그들
을 포기하고 버렸다. 그렇게 격절된 갱도 같은 세계 속에서도
여전히 음침한 살해가 계속되었다. 무라카미가 이 단편을 쓴
1981년 초엽은 그런 시기였다.

그 같은 사회 속에서 '나'는 귀를 기울인다. 하지만 그 행동
은 명시되지 않는다. "생존자는 이미 없다고, 절망이라고 생각
하고서?"라는 결정적인 말미의 한 구절과 함께 생략되어 있다.

붕괴된 갱도 안에서 절망적인 중얼거림이 한 사람에게서 한
사람에게로 전달된다. 거기에도 작은 목소리로 주고받은 대화
가 있었을 것이다. 모두 우리를 버린 것인가 하고. 글쓴이는 그
말에 귀를 기울이고 있는 것이다.

부정성에 귀 기울이다

당시 비지스의 노래는 반전적인 색채로 받아들여졌다. 존스 씨는 존슨 대통령일 것이라고 회자되기도 했다. 그러나 무라카미의 이 작품이 영어로 번역되어 「뉴요커」에 실렸을 때에는 비지스의 노랫말 인용이 생략되었을 뿐만 아니라, 마지막 탄광 장면이 제일 앞으로 오는 등 편집자의 손에 너덜너덜해졌다. 야비하고 무지한 것은 우리의 「브루투스」만이 아니었던 것이다. 그러니 이 작품의 영역본은 거의 의미를 지니지 않는다. 하기야 일본어판에 대해서도 역시 거의 의미를 알 수 없는 공허한 해설이 지금까지 난무할 뿐이다.

그러나 이 작품에서도 무라카미의 반시대적인 시도는 명백하다 하지 않을 수 없다. 누구에게도 보이지 않는 곳에서 그의 고독한 전투는 계속되고 있었던 것이 아닐까? 그것은 부정성이 이미 헛돌다 스스로 무너지고 의미를 잃은 가운데, 그 몰락의 나락까지 함께하는 것, 거의 들리지 않는 부정성의 절망에 찬 중얼거림에 귀를 기울이는 것이다.

그것은 하나의 커미트먼트이다. 커미트먼트를 시도하려면 전투 자체가 디태치먼트(격리)된 양상하에 소위 간접화법으로 이야기되어야 한다. 그러나 그것은 거의 아무도 모르는 채 지금도 여전히 이야기되고 있다.

무라카미는 「뉴요커」가 자신의 작품을 너덜너덜하게 만드는 것을 잠자코 지켜보았다. 꼬투리를 잡지 않았다. 일본의 우치게바? 그런 것을 「뉴요커」에 어떻게 설명할 수 있다는 말인가? 그렇다. 영어판 〈뉴욕 탄광의 비극〉은 극동의 섬나라에서 날아온 정체를 알 수 없는, 그러나 왠지 마음을 두드리는 단편으로 영어 세계의 하늘에 떠 있다.

더불어 나는 앞서 언급한 첫 번째 일화 속 연말 파티의 대화도 그런 문맥에서 읽고 싶다. 이 역시 지나친 독해라고들 하겠지만, 내 생각이 옳다면 파티에서 여자가 '나'에게 말하는 5년 전의 '살해'는 1972년의 일이 된다. 이 해 2월, 연합적군 사건의 주모자인 모리 쓰네오가 도쿄 구치소에서 수건에 목을 걸고 낮은 곳에 누워 자살했다.

3 — 개체의 세계

정의와 선을 추구하고 이상을 잃지 않으
며 불합리한 것에는 '노'라고 하는 것이
효력을 잃은 시대라면, 최소한 자신의 개
인용 규칙을 만들고 엄수하는 것이 세상
의 니힐리즘에 물들지 않기 위한 저항의
요새가 된다.

소비사회의 도래

순문학과 대중문학 사이

1980년대에 들어 소비화와 정보화를 중심으로 하는 고도자본주의화의 물결이 선진국 전반을 뒤덮었다. 일본도 예외가 아니었다. 그런 사회 변화에 가장 선명하게 반응한 작가가 일본 문학계에서는 무라카미 하루키였다.

이 시기, 즉 1980년대 전반에 일본 문학계에서는 표 4에 제시된 작가들이 전경을 이루었다. 그들은 문단에서도 높은 평가를 받았다.

이 시기의 특징 중 하나는 순문학과 대중문학의 경계가 붕괴되었다는 점이다. 표에 언급된 작품 중 이쓰쓰 야스다카와

표 4 **1980년대 전반 일본의 주요 문학 작품**

1980	엔도 슈사쿠 《사무라이》
	무라카미 류 《코인로커 베이비스》
1981	야스오카 쇼타로 《유리담》
	이노우에 야스시 《혼가쿠보 유문》
	이쓰쓰 야스다카 〈허인들〉
	이노우에 히사시 〈기리기리 사람〉
1982	가가 오쓰히코 《닻이 없는 배》
	다카하시 겐이치로 《사요나라, 갱들이여》
	무라카미 하루키 《양을 둘러싼 모험》
1983	후루이 요시키치 《나팔꽃》
	나카가미 겐지 《땅의 끝 지상의 때》
	오에 겐자부로 《새로운 사람이여 눈을 뜨라》
	시마다 마사히코 《부드러운 좌익을 위한 희유곡》
1984	아베 코보 《방주 사쿠라마루》
	미우라 데쓰오 《백야를 여행하는 사람들》
	나카가미 겐지 《태양의 날개》
1985	무라카미 하루키 《세계의 끝과 하드보일드 원더랜드》
	야마다 에이미 《베드 타임 아이스》

이노우에 히사시의 작품은 매우 중요하지만, 그들은 그전까지
는 엔터테인먼트 작가로 분류되었다. 그런 작가가 쓴 소설이
소위 순문학 작가가 문예지에 발표하는 작품 이상으로 순문학
계에 충격을 던졌고 또 널리 반향을 불러일으켰다. 같은 시기
에 새롭게 등장한 다카하시 겐이치로, 시마다 마사히코, 야마
다 에이미 등도 선행한 두 무라카미가 지향한 지점의 연장선에
서 기존의 순문학계와는 단절된 맛을 지니고 있었다. 그중에
서 가장 유력한 신인 다카하시 겐이치로가 등장했을 때, 요시

모토 다카아키는 이 같은 월경성에 착안해 팝 문학이라는 정의하에 하나의 '출현'이라고 칭송했다.

그 후 1987년에 무라카미 하루키의 《노르웨이의 숲》이 수백만 부가 팔리는 베스트셀러가 되고, 이듬해에 《키친》을 들고 등장한 요시모토 바나나가 '바나나 현상'을 불러일으키자(바나나 현상이란 지금까지 소설의 독자가 아니었던 젊은 독자층이 이 소설을 압도적으로 지지해, 데뷔 이후 몇 편이 계속해서 베스트셀러가 된 현상을 말하는 게 아닐까?) 이 경계의 붕괴는 더욱 현실화되었다.

이에 앞서, 이 새로운 변화에 민감하게 반응한 요시모토 다카아키는 당시 집필 중이던 문예시평에 〈공허로서의 주제〉라는 제목을 붙였다(1981년). 또 뒤이어 연재한 〈매스 이미지론〉(1982~1983년)에서는 지금까지 사회의 사상적인 의미를 뜻하던 '정황'이란 단어를 '현재'라는 말로 새롭게 대체했다.

그리고 그 배경에서 진행돼온 것이 고도자본주의 사회, 포스트모던 사회의 도래와 함께 부정성이 고갈되고 마침내는 소멸하는 사태였다. 애당초 일본의 근대에서 순문학과 대중문학을 분류하는 기준은 이 부정성의 유무, 문학이 부정성에 의해 구동되고 있는가 하는 것이었다. 1979년 《바람의 노래를 들어라》가 예고했던 것이 2, 3년 지나자 누구도 부정할 수 없는 변화의 바람으로 모습을 나타낸 것이다.

빵가게 습격

이 시기, 이런 징후를 가장 선명하게 포착한 작품으로 역시 무라카미 하루키의 작품을 꼽지 않을 수 없다. 바로 〈빵가게 습격〉이라는 작은 작품이다. 이 단편은 리틀 매거진 「와세다 문학」 1981년 10월호에 발표되었다. 그는 이 시점에 거의 선두 그룹의 톱에 있었다. 무라카미 자신은 〈내 작품을 말한다〉에서 왜 이런 단편을 썼는지 "지금은 아무 기억이 나지 않는다"라고 겸손으로 받아들여질 수 있는 말을 하지만, 이 작품은 동시대 예민한 독자들의 반향을 불러일으켰고, 곧바로 젊은 영화감독에 의해 영화화되었다(1982년). 야마카와 나오토 감독의 영화 〈빵가게 습격〉은 원작의 선구적인 의미를 잘 포착한 수작이다.

아무튼 우리는 배가 고팠다. 아니, 그냥 배가 고팠다는 말로는 부족하다. 마치 우주의 공백을 고스란히 삼킨 듯한 기분이었다. 처음에는 정말 작은, 도넛 구멍만 한 공백이었는데, 그것이 날로 우리 몸속에서 증식해, 끝내는 그 깊이를 알 수 없는 허무가 되고 말았다.

단편은 이렇게 시작된다.

신도 마르크스도 존 레논도 모두 죽었다. 아무튼 우리는 배가 고팠고, 그 결과 악을 행하려 했다. 공복감이 우리로 하여금 악으로 치닫게 한 것이 아니라, 악이 공복감을 통해 우리를 치닫게 한 것이다. 뭐가 뭔지 잘 모르겠지만 실존주의 같다.

꼬박 이틀을 물밖에 먹지 못한 '나'와 파트너는 — 대학을 오래전에 포기한 학생인 듯하다 — 부엌칼을 들고 빵가게를 찾아간다. 빵가게 습격이다.

이를 통해 알 수 있는 것은 이 단편이 소위 과격한 반체제파 학생운동의 후일담을 틀로 삼고 있다는 점이다. 1960년 안보투쟁 후 학생운동 퇴조기에 '범죄자 동맹'이라는 것이 결성되었다. 그들의 신조는 '모든 범죄는 혁명적이다'(히라오카 마사아키) 였다. 신좌익계에서는 유명한 일화인데, 그런 유의 지식이 바탕이 되었는지도 모르겠다. 아마 작품에서 이야기되는 시기는 전공투 운동의 퇴조기인 1970년대 전반일 것이다. 시대는 이제 겨우 변하려 하고 있지만 여전히 부정성이 살아 있다. 사회에 대한 반역이 앞서 있다. 그 방법, 즉 혁명의 대체 행위로 '반역자'가 '범죄'를 행한 것이다.

이 작품은 어느 국어 교과서에 수록될 예정이었는데, 검정에서 작품에 나오는 "빵가게를 습격하는 것과 공산당원을 습격하는 것에 히틀러유겐트적인 감동을 느꼈다"라는 표현이 걸려 무산되었다고 한다.

그들이 습격한 빵가게의 주인은 공산당원이었다. 부엌칼을

들이밀자 그는 돈은 필요 없으니 마음껏 먹으라고 한다. 그들은 말한다. "타인에게 신세를 질 수는 없다. 우리는 나쁜 짓을 저지르려고 하고 있으니." "그렇다면 나는 자네들을 저주하기로 하지. 그러면 됐나?" 이에 파트너는 "나는 싫다. 깨끗하게 죽여버리자"라고 하는 것을 '나'가 제지한다. 빵가게 주인은 새로운 '교환'을 제시한다.

"자네들, 바그너를 좋아하나?"
주인이 입을 열었다.
"아니." 내가 대답했다.
"바그너를 좋아해주면 빵을 먹게 해주지."

바그너를 좋아하게 되는 것은 노동이 아니다. 또 일종의 교환이니 신세를 지는 것도 아니다. 그들은 노동도 신세도 거부한다. 그래서 강탈과 범죄로 빵을 획득하려는 것인데, 빵가게 주인은 "마치 검은 대륙으로 건너간 선교사 같은" 뜻하지 않은 제안을 한다. 바그너를 좋아한다? 그것은 사회에 대한 동의나 복종과는 아무 관계가 없다. "그 정도라면 뭐, 그렇게 하도록 하지." 그들은 바로 그 제안에 응한다.

"좋습니다." 나는 말했다.

"나도 좋아." 파트너가 말했다.

그들은 바그너를 들으면서 배가 터지도록 빵을 먹는다. "내일은 〈탄호이저〉를 듣기로 하지"라고 주인이 말하고 두 시간 후 '서로가 만족한 상태에서' 헤어진다. 그리고 집으로 돌아왔을 때, 그들의 허무는 완전히 사라지고 없었다. 그리고 상상력이 비스듬한 내리막길을 굴러 내려가듯 착착 움직이기 시작한다.

이 단편을 더욱 흥미롭게 하는 것은 습격 전에 빵가게에 먼저 와 있던 한 아주머니가 빵을 고르면서 주저하는 일화다. 아주머니는 튀김빵과 멜론빵과 크루아상을 놓고 좀처럼 결정하지 못한다. 파트너가 참지 못하고 이렇게 말한다. "아직 멀었어?" "내친 김에 할망구도 죽여버리자고." 하지만 이 또한 '나'가 제지한다. 드디어 그녀가 세 가지 빵 중에서 크루아상을 골라 돈을 내고 가게에서 나간다.

나는 전에 대학에서 유학생들을 상대로 이 단편을 강의한 적이 있다. 편의점에서 튀김빵과 멜론빵과 크루아상을 사 들고 와 그것이 어떤 선택인지를 학생들에게 이해시켰다. 일본의 튀김빵을 외국인들은 잘 모르기 때문이다. 튀김빵은 영양가는 있지만 촌스럽다. 크루아상은 언제부턴가 일본에서 유행하기 시작했고 세련되었다. 멜론빵은 그 중간이라 생각하고, 이를 1차 산업(튀김빵), 2차 산업(멜론빵), 3차 산업(크루아상)으로 나누면,

당시 일본 대중의 기호가 1차 산업적인 영양(생산)에서 3차 산업적인 멋(소비)으로 이행하고 있었다는 것을 알 수 있다. 앞에서 말한 야마카와 나오토 감독의 영화야말로 이런 해석이 특이하지 않다는 것을 보여준다. 야마카와는 영화에서 빵의 선택에 대해 나와 똑같은 해석을 영상으로 재현했다. 강의에서는 이런 배경에 대해서도 설명했다.

즉 이 작품에는 소비사회의 도래로 이전의 '모든 범죄는 혁명적이다'라는 반체제적인 부정성이 교묘하게 모더니티에 포박되는, 뭐라 말할 수 없는 감촉이 절묘하게 포착되어 있다. 타인의 제안에 따라 그때까지 관심도 없었던 바그너를 듣고 좋아하게 되는 것은 소비사회 이전에는 생산과 연결되지 않는, 따라서 노동도 아니고 이윤을 낳는 경제활동도 아니었다. 하지만 소비사회의 도래로 의미가 바뀌었다. 소비사회에서 중요한 것은 소비야말로 창출이자 생산이기 때문이다. 반드시 오게 될 포스트모던 사회에서 바그너를 좋아하게 되는 것은 훌륭한 (소비의) 생산 행위 ― 모니터 행위 ― 이며 체제 내 경제활동이다. 또 범죄와 강탈과는 반대되는 행위로 부정성을 부정하는 것이다.

빵가게 재습격

무라카미는 이 단편에 이어 4년 후인 1985년에 〈빵가게 재습격)이라는 새로운 단편을 썼다. 설정된 시대는 10년 후다. '나'는 체제 안의 존재로 막 결혼한 상태다. 어느 밤 '나'는 아내와 함께 또다시 참을 수 없는 공복감에 시달린다. 《오즈의 마법사》에 등장하는 회오리바람처럼 불합리하다 할 정도로 압도적인 공복감이었다. 둘은 그 공복감이 그저 국도변에 있는 심야 레스토랑에서 편의적으로 채워져서는 안 되고 정면으로 대치해야 하는 특수한 기아감이라고 느낀다.

특수한 기아감이란 무엇인가?

나는 그것을 하나의 영상으로 제시할 수 있다.

① 나는 조그만 보트를 타고 잔잔한 바다 위에 떠 있다.

② 아래를 내려다보면 물속에 해저 화산의 꼭대기가 보인다.

③ 해수면과 그 꼭대기 사이 거리가 그리 멀지 않은 것 같은데, 그러나 정확한 것은 알 수 없다.

④ 왜냐하면 물이 너무 투명해서 거리감이 불확실하기 때문이다.

참을 수 없는 공복감 속에서 '나'는 중얼거린다. "이거야, 그때, 빵가게를 습격했을 때와 똑같잖아." 아내가 묻는다. "빵가게를 습격했을 때라니, 무슨 소리야?" '나'는 어쩔 수 없이 10년 전 일의 전말을 털어놓는다. 그때도 공복감과 기아가 출발점이었다. 왜 일을 하지 않았느냐는 아내의 쿨한 질문에 "일하고 싶지 않았어"라고 '나'는 대답하지만 아내는 "지금은 이렇게 착실하게 일하고 있잖아"라고 아픈 곳을 찌른다. '나'는 이렇게 말하지 않을 수 없다. "시대가 바뀌면 공기도 바뀌고 사람이 생각하는 방식도 바뀌는 법이지." 자신은 전향했다는 것이다.

그러나 그 습격은 실패했다. 자신들은 강탈을 지향했는데, 결국 얻은 것은 상거래 같은 것이었기 때문이다. 바그너를 듣는 것은 노동이 아니다. 노동하지 않는다는 원칙은 관철했다. 그러나 그 점이 포인트였다. "접시를 씻거나 창문을 닦으라고 했다면 우리는 단호하게 거부하고 빵을 훔쳤을 거야. 그런데 주인의 요구에 우리는 몹시 혼란스러웠지. 바그너가 등장하다니, 당연히 예상치 못한 일이었으니까. 그것은 마치 우리에게 내린 저주 같은 거였어."

그 결과, 그 사건을 경계로 많은 것들이 천천히 변해간다. '나'와 파트너는 헤어진다. '나'는 그 후 대학으로 돌아가 무사히 졸업하고, 사법고시 공부를 하고, 아내를 만나 결혼을 하게 된다. 헤어진 파트너는 어떻게 되었나? 그와는 그 후로 한 번도 만나지 않았고 지금 뭘 하는지도 모른다(활동가가 되어 우치게바로 죽었는지도 모를 일이다).

아내는 아연해하면서 그 기아감은 그때부터 시작된 저주 탓이다, 그러니 그 저주를 풀기 위해서는 빵가게를 한 번 더 습격해야 한다고 말한다. 아내의 태도가 너무 의연해서 '나'는 거부

할 수 없다. 이끌리듯 중고 도요타 코롤라를 타고 깊은 밤의 거리로 나간다. 아내는 어느 틈에 준비했는지, 과격파 같은 중장비로 무장하고 있고 손에는 권총과 총탄이 있다(!).

1971년 2월, 도치기 현 마오카 시에서 과격파 혁명좌파(게이힌 안보공투)가 총포점을 습격하는 사건이 발생했다. 그리고 이듬해에 이때 강탈한 산탄총과 총탄이 연합적군 사건에서 사용되었다. 그녀가 손에 든 것은 그것과 똑같은 레밍턴 자동식 산탄총이다. 게다가 그 사건에서 사용된 스키 마스크까지 등장한다. 생각해보면 이 습격은 혁명좌파가 행한 총포점 습격을 어느 정도는 충실하게 재현하고 있다(이 부분은 나의 조사에 따른 가설이다. 작품에는 언급이 없다).

둘은 빵가게의 대체물로 심야 영업하는 맥도널드를 습격하기로 한다. 아내는 지금 훈련받은 테러리스트로 변신해 잇달아 '나'에게 적확한 지시를 내리고, 지난번의 실패를 만회하자며 완벽한 재습격을 감행한다.

우선 돈을 주겠다, 보험을 들었으니 문제없다는 점장의 요청을 싹 무시하고 '빅맥 서른 개, 테이크아웃' 하겠다고 명령한다. 빅맥 서른 개를 먹는다고 무엇에 도움이 되느냐는 여점원의 질문에는, "미안하지만 빵가게 대신이야. 빵 말고는 아무것도 훔칠 생각이 없거든" 하고 대답한 후 라지 사이즈 콜라를 두 개 주문하고 그 값을 정확하게 치른다.

그리고 둘은 적당한 주차장에 차를 세운 뒤 마음껏 햄버거를 먹고 콜라를 마신다. 아내는 만족한 채 잠이 든다. '나'는 보트에서 몸을 내밀어 아래를 내려다본다. 거기에 이제 해저 화산은 없었다. 저주는 사라진 것이다.

포스트모던기에 부정성은 어떻게 회복되는가

〈빵가게 재습격〉은 번역된 후 의외로 해외에서 널리 읽혔다. 첫 발표로부터 사반세기 후인 2010년에는 카를로스 쿠아론 감독에 의해 단편 영화로 제작되었고, 독일에서 〈빵가게 습격〉과 함께 일러스트가 있는 단행본으로 출간되기도 했다.

바그너와 히틀러유겐트가 등장해서만은 아닐 것이다. 왜 이 두 편의 메시지는 생명력이 긴 것일까? 또 어떻게 국경을 넘을 수 있었을까? 어떤 의미에서는 보편적이고 경쾌하고 묘한 '해학' 속에, 포스트모던 사회의 도래와 그것에 대한 저항을 담고 있기 때문일 것이다.

〈빵가게 습격〉은 포스트모던기의 소비사회가 어떻게 모던기의 부정성을 품었는지를 유머러스하게 그리고 있다. 한편 이 작품에 이은 〈빵가게 재습격〉은 부정성의 회복이 우스꽝스러우리만큼 복잡하게 얽힌 과정을 어떻게 거쳐야 하는지를 아이러니 가득한 필치로 우리에게 가르쳐주고 있다.

부정성에서 내폐성으로

내폐성의 부상

요컨대 무라카미 하루키는 근대의 끝과 포스트모던 시대의 시작을 산 최초의 아시아 소설가 중 한 명이다. 그것이 그의 문학이 지닌 국제성, 보편성의 의미다.

부정성의 붕괴에 이어 포스트모던 사회의 도래를 나타내는 또 하나의 지표는 정보화 사회가 전개되며 나타난 리얼한 세계와 버추얼 세계의 반전이다. 일본 사회에 비추어 보면 만화와 애니메이션에 등장하는 영웅상의 변화가 1960년대 고도성장기 이후부터 1990년대에 이르기까지 사회 변화의 지표가 된다. 가장 알기 쉬운 예는 1970년 전후 가지와라 잇키 원작의 두 인기 만화에서 독자들의 선호도가 주인공에서 주인공과 대치하는 적에게로 전환된 것이다.

시대를 석권했던 《거인의 별》(1969~1971년)에서는 연재가 진행되고 만화 영화로 만들어지면서 세월이 흐르자 인물에 대한 독자들의 선호도가 변화했다. 끝없는 노력으로 빈곤에서 벗어나 아버지의 비원을 이룬 주인공 호시 휴마에서 유복한 집안 출신의 개인주의적인 천재 소년 하나가타 미쓰루 쪽으로 이행한 것이다. 또 다른 인기 만화 《내일의 조》(1967~1973년)에서도 주인공 야부키 조의 영원한 라이벌이었던 리키이시 도오루가 시합 후 갑자기 죽자, 그 음영 있는 캐릭터의 인기가 단순한 성격인 조의 인기를 단연 능가해서 사회를 놀라게 했다.

이는 단적으로 근대의 전형인 대중적인 긍정성─상승 지향, 노력, 명랑, 쾌활 등─과 알기 쉬운 부정성─빈곤, 고독, 반역 등─이 지지를 잃고, 다른 종류의 인간상이 이를 대체하게 되었다는 뜻이다. 이와 병행해서 짝을 이루어 쇠락해간 것이 바로 1장에서 본 지식계급의 전형인 모던한 부정성이다. 무라카미의 작품으로 말하자면, 이 연장선에 《바람의 노래를 들어라》의 중산계급 출신 '나'의 새로운 긍정성의 긍정과 부정성의 부정이 온다.

두 번째 예로 들 수 있는 것이 오토모 가쓰히로의 애니메이션 〈아키라〉(1988년)에서 주인공 가네다 쇼타로와 안티 히어로

시마 데쓰오 사이에 보이는 비중의 역전이다.

이 애니메이션의 앞부분에서는 자칭 '건강우량형 불량소년'이며 오토바이 폭주족을 이끄는 리얼하고 쾌활한 소년 가네다를 중심으로 스토리가 전개된다. 그러나 뒷부분에서는 나이가 어려 가네다의 비호 아래에 있던 소심한 소년 데쓰오가 서서히 버추얼한 초능력에 눈을 뜨면서 괴물적인 존재로 성장해간다. 마지막 대단원은 두 인물의 전투다. 그리고 스토리가 막을 내린 후, 독자와 관객의 관심과 호기심은 리얼하고 쾌활한 주인공 가네다에서 내폐적內閉的 세계에 살며 현실에서 초능력을 발휘하는 오타쿠적인 데쓰오로 이행하게 된다.

오시이 마모루가 만든 애니메이션 〈공각기동대〉(1995년)의 주인공 구사나기 모토코는 인간과 다름없는 사이보그로 버추얼한 힘의 체현자 데쓰오의 연장선상에 있다. 더 나아가 동일선상에 나약한 내폐적 세대와 막강한 힘이 결합한 안노 히데아키의 〈신세기 에반게리온〉(1996~1998년)의 세계가 등장한다.

시대는 분명하게 리얼하고 건강한 가네다에서 가상현실적이며 내폐적이나 초능력을 지닌 데쓰오로 이행해갔다. 하지만 이 내폐적 세계로 전환되는 기점을 다른 표현에서 찾자면, 우리는 또 1985년이라는 이른 시기에 등장한 무라카미 하루키의 장편《세계의 끝과 하드보일드 원더랜드》의 선구적인 성격과 맞닥뜨리지 않을 수 없다.

1980년대 중반, 무라카미는 포스트모던 시대를 맞아 소비 사회화에 반응한 동시에(《빵가게 재습격》), 이보다 앞서 집필한 장편에서도 정보사회로 생겨난 변화에 대해 누구보다 빨리 예민한 반응을 보였다.

세계의 끝과 하드보일드 원더랜드

이런 관점에서 접근할 때 흥미로운 것은 《세계의 끝과 하드보일드 원더랜드》의 구조와 주제의 관계다. 이 소설의 구조는 이렇다. 현실 세계는 가까운 미래이고 정보 전쟁이 세계를 움직이고 있다. 이것이 '하드보일드 원더랜드'에 해당하는 리얼한 세계다. 그곳에서는 한쪽이 '시스템'으로 군림하면서 정보를 은폐해 사회를 움직이고, 다른 한쪽은 '팩토리'라는 이름하에 그 정보를 탈취, 해석, 유출하면서 이윤을 얻으려 한다. 마치 미국의 국가안전보장국NSA과 위키리크스의 전쟁을 방불케 한다. 이 대립하는 세계에서 '나'는 '시스템'에 속하는 계산사로서 훈련을 쌓는다. 그 기술의 숙련도는 비밀번호를 아무도 해독할 수 없게 '스토리' 형태로 보관하는 고도함을 보이고 있다. 그것을 탈취하려는 상대는 '나'에게 다양한 형태로 공격을 시도한다.

이 비밀번호에 해당하는 '스토리'가 패러렐 월드parallel world로 전개되는 다른 한편, 즉 '세계의 끝'에 있는 '나'의 이야기다. 이쪽은 서구의 중세적인 촌락을 연상케 하는 벽으로 둘러싸인

도시다. 사람은 그곳에 들어가려면 그림자를 떼어내야만 한다. 어느 날, 그 도시를 찾은 '나'는 문지기에게 그림자를 떼어놓고 도시에 들어가 '꿈 읽기'라는 일을 하면서 생활하게 된다. 그 세계는 리얼한 세계와의 관계에서 말하면 '나'의 뇌 속에서 전개되는 버추얼한 가공 현실, 안으로 닫힌 뇌내 세계다.

'세계의 끝'은 부정성이 없는 정상적인 세계다. 그곳의 사람들은 모두 행복하다. 그러나 과연 그런 일이 가능할 것인가? '나'는 끝내 자신의 일을 통해 이 세계의 구조를 깨닫는다. 떼어낸 '그림자'의 작용도 있었다. 사람들은 누구나 태어날 때부터 고통과 모순과 부정성을 갖고 있다. 그러나 이 세계에 들어올 때 그것들은 '그림자'로 떼어냈다. 생의 갈등으로부터 단절된 부정성, 즉 '그림자'는 독방에 갇혀 말라비틀어지고 끝내는 죽어간다. 일상에서 생성되는 갈등과 모순은 한데 모여 벽 밖에 떼 지어 서식하는 일각수의 뇌에 버려진다. 일각수는 세계의 모순을 자기 몸에 짊어지고 순종적으로 죽어간다. 그 두개골에 유기된 모순, 꿈, 부정성을 '꿈 읽기'라는 일을 담당하는 자가 전기電氣를 대지에 방출하듯이 '읽어내' 대지로 돌려보낸다.

'나'는 도시 생활에 서서히 적응해간다. 도서관에서 일하는 여자와 친해지고, 이 도시에서 계속 살아도 좋겠다고 생각하게 된다. 한편 정기적으로 면회하러 가는 부정성의 화신이라 할 수 있는 '그림자'는 독방에서 점차 쇠약해지지만 여전히 이 세계의 모순을 탄핵하고 자신과 함께 이 도시 밖으로 탈출해야 한다고 '나'를 설득한다. 모든 모순을 일각수라는 약한 존재에게 내던지면서 존재하는 행복한 세계는 이상하다, 나와 함께 이 세계 밖으로 나가자고.

이에 대해 '나'는 망설인 끝에 결국 자신은 여기에 남겠다고 대답한다. 하지만 여기서 중요한 것은 '그림자'의 근대적 부정성에 입각한 주장 — 세계의 부정한 구조에 가담하지 마라 — 에 대해 '나'가 자신은 자신의 내폐적 세계에 가담하겠다는, 앞뒤가 맞지 않는 반대 주장으로 대치한다는 점이다.

어느 자리에선가 무라카미는 이 마지막 장면에서 '나'가 어떻게 대답할지에 대해 상당히 고민했고 몇 가지 대답을 고려했다는 뜻의 말을 한 적이 있다. 과거에 나는 '나'의 이 대답이 '그림자'의 질문에 대해 같은 수준에서 답한 것이라 할 수 없고, 핵심을 피한 내용이니 불충분하지 않은가 하고 비판하는 평론을 쓴 적이 있다(《세계의 끝에서》, 1987년). '나'는 '그림자'의 질문에 대해 같은 부정성의 수준에서 당당하게, 나는 너의 생각에 찬성할 수 없다, 이미 세계는 단순한 부정성으로는 단죄할 수 없다, 이곳에서 아무나 '망명'할 수 있는 것은 아니다, 나는 여기 머물면서 할 수 있는 저항을 택하겠다는 유의 대답을 해야 마땅하다고 생각했기 때문이다. 당시 나는 나치스의 독일에서 토마스 만 등 비非유대계의 리버럴한 지식인들이 망명할 때 이와 유사한 질의응답이 오간 사실을 염두에 두고 있었다.

그러나 오히려 핵심은 이 앞뒤가 맞지 않는 것에 있지 않을까? 리얼한 근대적 질문에 ― 삐딱하게 ― 버추얼한 내폐적 세계에 가담하겠다고 대답하는 점에 무라카미의 새로움이 있지 않을까? 이런 관점을 나는 어느 문예평론가의 평론에서 배웠다. 다케다 세이지의 《세계의 끝과 하드보일드 원더랜드》론인 〈세계의 윤곽〉(1986년)에서다.

"네가 나와 함께 탈출하지 않는 것은 도서관 여자에게 미련이 있기 때문인가?"라는 '그림자'의 힐문에 '나'는 그게 전부는 아니라며 "어떤 한 가지 발견을 했기 때문이다. 그래서 나는 여기 남기로 결정했다"라고 답한다.

> 나는 내가 마음대로 만들어낸 사람들과 세계를 그냥 내버려두고 갈 수는 없어. (중략) 나는 내가 한 일에 책임을 져야만 해. 이곳은 나 자신의 세계야. 벽은 나를 둘러싸는 벽이고, 강은 나의 내면을 흐르는 강이고, 연기는 나를 태우는 연기지.
>
> 《세계의 끝과 하드보일드 원더랜드》

이 대답은 앞뒤가 맞지 않기는 하지만 '그림자'의 추궁을 비껴가는 것은 아니다. 다케다에 따르면, 리얼한 부정성에 입각한 '그림자'의 제안에 '나'가 자신의 내폐적 세계성에 가담하고 그것과 연대한다는 이유로 응하지 않은 것은 하나의 태도 표명이다. '그림자'의 탈출 시도는 '세계로 나가는 통로를 찾을 수 있는 가능성'이지만, 한편 도시에 머물면서 거기에서 '마음'을 되찾으려 하는 '나'는 (세계의 폐쇄가 아니라) 자신의 내폐적 세계의 이미지에 저항하려 하는 '작가의 몹시 곤란한 의지의 형태'를 가리킨다는 것이다.

나는 다케다의 이 해석에 승복했다. 그리고 무라카미 하루키가 망설임 끝에 내놓은 대답에 나의(부정성의) 논리가 뒤처져 있음을 느꼈다.

내폐적 세계로의 폐쇄를 오타쿠들의 문제로 본 나카지마 아즈사는 선구적인 저서 《커뮤니케이션 부전증후군》(1991년)의 말미에 이렇게 썼다. "오타쿠여, 내폐적 세계에서 밖으로 나오라. 그러지 않으면 유령이 될 것이다." 그런데 무라카미는 이에 앞서 내폐적 세계의 문제는 근대적 문제의 틀 자체에서 이탈하지 않고는 해결되지 않는다는 새로운 길을 제시했던 것이다.

근대적인 부정성은 내폐적 존재 앞에서 '밖으로 나오라'는 말밖에 하지 못한다. 그러나 그런 말로는 내폐적 세계의 문제가 풀리지 않는다. 이 작품은 '밖으로 나오라'는 말이 이미 해답이 될 수 없다고 말한다. 이 장편에서 무라카미는 전쟁터가 이미 내폐적 세계의 한가운데로 옮겨졌고, 부정성의 행로를 좇는 것만으로는 전쟁터에 도달할 수 없다고 말한 것이다.

저승이라는 내부 세계

이런 시각은 이 작품이 앞서 1980년에 쓴 습작《거리와 그 불확실한 벽》을 원형으로 하고 있다는 사실을 생각하면 보다 강화된다.《세계의 끝과 하드보일드 원더랜드》에서는 주인공이 '세계의 끝'을 찾아가는 이유가 설명되지 않는데,《거리와 그 불확실한 벽》에서 주인공은 오르페우스처럼 죽은 연인을 좇아 저승인 그녀의 '내폐적 세계'로 찾아가기 때문이다. 세계의 끝, 즉 내폐적 세계의 원형은 계산사 '나'가 아닌 자살한 연인의 '내부 세계', 즉 내폐성의 세계다.

연인은 정신적인 병으로 고통받다가 자살한다. 죽기 전, 그녀는 말한다. 진정한 자신은 여기 있지 않다고. '높은 벽에 둘러싸인' 내부 세계에 갇혀 있다고. 그가 묻는다. "거기에 가면 진정한 당신을 만날 수 있는 건가?" 그리고 그녀가 죽은 후, '나'는 그곳으로 향한다.

이 습작에서는 이런 설정이 도처에서 파탄을 맞는다. 그러나 이 같은 사전 상황을 고려해보면 작가의 역점은 내폐적 세계에 살면서 그곳에서 나오지 못하는 존재에게 '밖으로 나오라'고 재촉하는 것이 아니다. 오히려 '그림자(마음)'를 떼어낸 후 내폐적 세계와 연대하고 그곳에 기대기 위해 '저승'으로 들어가는 데 있다.

이후에 쓴《노르웨이의 숲》후기에는 전작《세계의 끝과 하드보일드 원더랜드》가 '자전적' 글이었던 것처럼 이번 작품 역시 '아주 개인적인 작품'이라는 수수께끼에 찬 말이 쓰여 있다. 그 말도 같은 식으로 생각하면 수긍이 간다. 《세계의 끝과 하드보일드 원더랜드》는 이런 의미에서 《노르웨이의 숲》의 '나'가 스스로 내폐적 존재가 되어 나오코의 내폐적 세계로 따라갔으나 그 세계에 머물지 못하고 어쩔 수 없이 현실 세계로 돌아오는 또 다른 오르페우스의 이야기라 할 수 있을 것이다.

이미 전쟁터는 내폐적 세계의 한가운데로 옮겨졌다. 기존의 부정성 행로만 좇아서는 새로운 문학의 부정성 능선을 탈 수 없다. 이렇게 내폐성이 등장한 의미는 부정성을 좇는 것임이 드러난다.

세상과 거리 두기

이제 다시 한 번 《바람의 노래를 들어라》 이후에 보이는 무라카미의 모던한 부정성의 행로를 '나'와 '쥐'의 대비에서 '하드보일드 원더랜드'의 계산사 '나'와 '세계의 끝'의 '나'의 대비로 더듬어보자. 그러면 그것이 동시에 모럴moral (부정성)에서 맥심maxim (중립성)의 방향을 가리키고 있다는 것을 알 수 있다. 맥심이란 칸트가 사용한 용어다. 나중에 언급하겠지만, 여기서는 일단 모럴이 만인에게 적용되는 규칙이라면 맥심은 한 개인에게만 적용되는 자기 규칙이라고 알아두면 되겠다.

이렇게 질문해보자. 《바람의 노래를 들어라》에서 '나'의 "기분이 좋은 게 뭐가 나쁜데?"— 긍정성을 긍정하기 — 는 '쥐'의 모던한 부정성의 몰락을 지켜본 후 어디로 가는가? 사회의 주류는 무라카미 류의 '맛있군!', '하고 싶은데!', '마음에 들어!'와 같은 욕망에 대한 전적인 긍정이 차지하고 있다. 그러나 그중 소수파는 다른 길, 이에 저항하는 길을 걷는다. 1970년대 초엽, 젊은이들의 반란기가 종식을 고하고, 이후 세상이 이른바 근대형 정의, 반역, 효력을 잃은 모럴과 공전에 '무관심하게' 반응하는 현상이 확산되며 마침내 '팝의 승리'로 수렴된다. 이런 가운데 소위 소수 비애파는 신봉하고 의거할 만한 원리를 상실했음에도 어찌되었든 세상에 동조하는 것을 거부하고 거기에 머무는 것으로 독자적인 길을 나아간다.

이는 무라카미가 초기를 지나면서 '디태치먼트'라는 태도를 확립하게 되는 경위이기도 하다. 그는 이렇게 말했다.

일본에 있는 동안에는 최대한 개인이 되고 싶었어요. 요컨대 사회와 그룹, 단체, 규칙, 그런 것들로부터 어떻게든 멀리 도망치고 싶어서 대학을 졸업한 후에도 회사에 취직하지 않고 혼자 글을 쓰며 살았고, 문단 같은 것과도 관계 맺기가 힘들어 결국 그저 혼자 소설을 썼습니다.

《무라카미 하루키, 가와이 하야오를 만나러 가다》

무라카미는 일단 사회와 싸우는 후퇴전 속에서 세상에 동조하기를 거부하고 사회와 거리를 두는 것(디태치먼트)에서 자신의 자리를 찾았다. 그다음 카페를 접고 전업 소설가로 전향하기로 하고 장편, 스토리텔링, 강력한 힘이라는 세 가지─스토리의 기본─로 소설을 써나가자고 결정했다. 그 후 소설의 화자 겸 주인공을 《바람의 노래를 들어라》의 '나'를 기축으로 하면서도 보다 사회와 타자에 대해 소극적이고 유보적이며 거리를 둔 디태치먼트 형의 '나'로 새롭게 설정했다.

이런 '나'는 이미 '쥐' 같은 친구가 없고, 가령 있다 해도 "아니, 부자인 건 네 탓이야"라는 말은 하지 않는다. 그는 《양을 둘러싼 모험》에서 이미 아내를 잃었다.

"당신은 그런 타입이야." "그런 타입?" "당신에게는 뭐랄까, 그런 면이 있어. 모래시계와 똑같아. 모래가 다 떨어지면 반드시 누군가가 찾아와서 뒤집어놓지."

'나'는 이미 공감할 수 있는 타자가 없는 세상에 살고 있다. 아내에게도 진실하게는 커미트먼트할 수 없다. 모래시계처럼 그저 거기에 있으면서 사락사락 때를 새길 뿐이다. 아내의 관여를 거부하지 않는다. 아니 오히려 환영한다. 하지만 자기 스스로는 아무것도 하지 않는다. "대부분은 내 책임이었다. 나는 누구와도 결혼해서는 안 되었던 것이다. 적어도 그녀는 나와 결혼하지 말았어야 했다." 마침내 그녀는 지쳐서 그의 곁을 떠

날 것이다.

　그러나 이 소극적인 자세는 부정성이라는 '소금'이 맛을 내지 못하는 포스트모던 시대에 그가 한껏 내보인 저항의 자세이기도 하다. 같은 시기에 쓴 단편 〈오후의 마지막 잔디밭〉(1982년)의 '나' 역시 여자 친구를 떠나보내지만, 자기 나름의 주장을 관철함으로써 마음의 댐이 붕괴되지 않도록 버티고 있다. 그는 자신에게 주어진 잔디 깎기라는 아르바이트 일을 자신이 수긍할 수 있는 방식으로 꼼꼼하게 깎는 것을 자기 규칙으로 하고 있다. 그렇게 한다고 누가 인정해주는 것도, 보수를 더 주는 것도 아니다. 그것은 자기 자신과의 일대일 규칙이며 그 규칙을 지키는 것이 그의 은밀한 저항과 행동 원리다.

　개인적인 규칙을 엄수하는 것이 어떻게 근대적 부정성이 효력을 잃은 시대에 저항이 될 수 있는지는 앞서 잠깐 언급한 칸트의 논리를 도입하면 이해하기 쉬울 것이다. 칸트는 인간이면 누구에게든 적용할 수 있다고 여겨지는 정언명제를 모럴(도덕), 한 사람의 개인에게만 부과되는 규칙을 맥심(격률)이라고 했다. 그러면서 사람은 자신에게 맥심을 과하는 형태로 자신의 행동을 규제하게 되지만, 맥심은 나아가 만인용 규칙, 즉 모럴로 성장하지 않을 수 없다고 생각했다. 그리고 《실천이성비판》에 이렇게 썼다. "당신의 맥심이 늘 보편적인 입법의 원리로서도 타당하다는 것을 유념하고 행동하라."

모두가 선이라고 생각하는 기준이 되는 모럴은 어디에서 오는가? 과거에는 신에게서 온다고들 생각했지만 칸트는 인간에게서 온다고 했다. 칸트는 우선 개인용 규칙이 있고, 그다음 그것이 만인용 선의 기준으로 성장해간다고 생각했다.

그런데 무라카미는 이를 역전시킨다. 만인용 선의 기준인 모럴 — 정의와 선을 추구하고 이상을 잃지 않으며 불합리한 것에는 '노'라고 하는 등의 부정성의 원천 — 이 효력을 잃고 사람들에게 버려진 시대에는 최소한 자신의 개인용 규칙을 만들고 엄수하는 것이 세상의 니힐리즘에 물들지 않기 위한 저항의 요새가 된다. 사회적으로는 아무 의미가 없어도 자기 행동의 기준을 통해 사회 풍조에 물들지 않는 모습을 유지하는 것은 모럴의 부정성이 가사 상태에 있는 시대에 그나마 그 부정성을 살아남게 할 수 있는 유일한 방법이 될 것이다. 무라카미는 바로 이 점에서 이 시대의 저항의 가능성을 찾아내려고 했다. 저항의 디태치먼트, 이것이 내가 여기서 맥심이라고 하는 것이다.

맥심과의 작별

이 시기에 이런 맥심이 있는 삶의 방식은 《양을 둘러싼 모험》 등에 나오는 새로운 형태의 주인공을 통해 젊은 독자들에게 압도적인 지지를 얻었다. "돈 있는 놈들은 모두 엿이나 먹어라"와 같은 부정성의 모럴이 몰락하자, 앞서 말한 것처럼 그다음에는 '맛있군!', '하고 싶은데!', '마음에 들어!'라는 욕망 만능을 긍정하는 시대가 서서히 확산되었다. 그러나 이에 대해 자신의 스타일을 견지하고 세상의 흐름에 휩쓸리지 않는 것 ― 세상으로부터 거리를 두고 맥심을 유지하는 것 ― 이 주인공의 세련된 삶의 방식과 맞물려 '무관심' 시대에 부정성의 새로운 거처가 된 것이다.

그러나 이것이 세상으로부터의 후퇴라는 점에는 변함이 없다. 앞에서 언급한 《커뮤니케이션 부전증후군》의 나카지마 아즈사는 아니지만, 그렇게 한없이 있다 보면 인간은 유령이 되는 길밖에 달리 방법이 없지 않겠는가.

나카지마는 1991년 자폐하고 있는 인간을 향해 밖에서 생각하고 밖으로 나오라고 외쳤지만, 무라카미는 앞선 1985년에 이미 그 문제에 부딪혔다. 《세계의 끝과 하드보일드 원더랜드》를 집필한 후 〈빵가게 재습격〉에 이어 쓴 〈패밀리 어페어〉에 그린 것이야말로 스스로 사회로부터 한발 물러나 내폐적 세계에 머무는 주인공이 마침내 맥심의 자기 붕괴와 마주하게 되고 그것으로부터 회복하는 이야기이기 때문이다.

〈패밀리 어페어〉는 이런 이야기다. '나'는 전자기기 회사 광고부에 근무하는 스물일곱 살의 독신이고, 지난 5년 동안 여동생과 같이 살았다. 각자 자유를 구가하면서 나름 쾌적하게 공동생활을 해왔는데, 일 년 전에 동생이 대학을 졸업하고 여행

사에 취직하면서 '나'로서는 도저히 받아들이기 힘든 평범한
남자와 약혼하게 되자 균열이 생기기 시작한다. 여동생은 서서
히 시류에 물들게 된다. 차림새와 머리 스타일도 변한다. 더불
어 '나'에 대해서도 비판적인 태도를 보인다. 둘은 싸운다. 동생
은 오빠에게 세상을 삐딱하게 보고 있다며 발전하려는 마음가
짐이 조금도 없다고 한다. 이런 비판에 대해 '나'는 자기 나름
으로는 확고한 '적당히 사는 생활 방식'을 양보할 생각이 없다.
"성실하게 사는 사람들을 삐딱하게 보면서 즐기고 있다"라는
동생의 말에 '나'는 분연히 항변한다.

"그건 아니지." 나는 말했다. "다른 사람이 어떤지 그건 나와는 별
개의 문제야. 나는 나의 생각에 따라서 정해진 열량을 소비하고 있
을 뿐이라고. 다른 사람의 일은 나와는 관계없어. 삐딱하게 보고 있
지도 않고. 나는 형편없는 인간일지는 몰라도 최소한 다른 사람을
방해하지는 않는다고."

그러나 인간은 관계 속에서 살아간다. 패밀리 어페어란 그
런 것이다. 어느 날 그는 어머니의 부탁으로 부모 대신 여동생
의 약혼자 집에 인사를 하러 간다. 또 여동생이 약혼자를 초대
한 자리에도 함께 있게 된다. 약혼자의 이름은 와타나베 노보
루. "세상에 한 번 보고 싫어지는 타입의 얼굴이 있다면 이 사

람 얼굴이 그랬다." 그러나 그렇게 싫은 동생의 약혼자를 최소한도 선에서는 상대해야 한다. 그것이 가족을 대표한 오빠의 역할이다. 그는 그 때문에 동생과 말다툼을 벌이고는 자리를 피하기 위해 둘만 아파트에 남겨놓고 외출한다. 늘 그렇듯 거리로 나가 걸 헌팅에 열을 올리지만 결과는 비참하다. 상대 여자의 아파트에서 나와 길거리에서 구토를 하고 밤이 늦어서야 여동생과 사는 아파트로 돌아온다. 그는 나름 자기 스타일을 고수하며 살아왔다고 여겼는데, 지금은 그저 너저분한 중년 남자와 똑같다는 한탄이 불쑥 그를 덮친다. 그는 자신의 깨달음을 이렇게 이야기한다.

나는 컵에 오렌지 주스를 따라 단숨에 마신 후 샤워를 하러 들어가 시큼한 냄새가 나는 땀을 비누로 씻어내고 꼼꼼하게 이를 닦았다. 욕실에서 나와 세면실 거울을 보니 나 자신이 봐도 끔찍할 정도로 몰골이 말이 아니었다. 때때로 전철 막차에서 보는 더럽고 술 취한 중년 남자의 얼굴이었다. 피부는 거칠고, 눈은 움푹 꺼지고, 머리칼에도 윤기가 없었다.

부엌에 들어가자 자는 줄만 알았던 동생이 아직 깨어 있다. 그리고 그에게 아까는 미안했고, 말이 과했다고 한다. 둘 사이에 묘하게 화해의 분위기가 생겨 '나'는 지나치게 평범하고 자기 취향에는 전혀 맞지 않는 약혼자이지만 가족 중에 그런 남자가 한 명쯤 있어도 괜찮겠다는 관용 또는 타협이 가슴을 채우는 것을 느낀다. 삶의 방식도 화폐와 같아서 병에 담아놓고만 있으면 썩는다. 그는 자신의 맥심에 따른 삶이 완벽한 디태치먼트의 공간을 꽉 채운 지경에 이르러서야, 자기도 모르게 이미 부패하기 시작했다는 것을 여동생 약혼자의 침입에 의해 깨닫게 된다.

이후 무라카미의 작품에서 '나'는 자기 행동 원리가 없는 무방비한 존재로 돌아간다. 그리고 고독하고 불안한 상태에서 타자와의 관계를 모색하는 존재가 된다. 한편 디태치먼트를 관철한 맥심의 사도는 바깥 세계와 생기 넘치는 대화를 잃은 망가진 괴물 같은 존재로서 무라카미의 작품 세계에 다시금 등장한다. 다음 작품 《노르웨이의 숲》의 '나'인 와타나베가 그렇고 나가사와가 그렇다.

자석이 작동하지 않는 세계에서

1987 ― 1999

4 — 쌍의 세계

무라카미의 주인공은 이제 '쌍의 세계'에 살며 기본적으로 커플을 구성한다. 연애를 하거나 결혼을 했으며, 연인이 먼저 죽거나 실종되어 잃어버린 상대를 찾아 떠난다.

연애소설의 탄생

노르웨이의 숲

하루키 소설의 세 가지 축

1987년 《노르웨이의 숲》. 이다음부터는 부정성이라는 자석이 작동하지 않는 세계로 들어간다. 그래서 개체, 쌍, 아버지와 아들의 관계를 기본 축으로 하는 새로운 관점을 도입해 무라카미 하루키의 소설을 셋으로 분류해보았다. 이 분류를 바탕으로 하면 무라카미의 소설은 스토리텔링을 기본으로 하자고 결정한 1982년부터 2010년까지를 세 구간으로 구분할 수 있다. 그 기간의 이전과 이후를 각각 앞과 뒤에 배치해 초기와 현재로 하고, 가운데 세 부분을 전기, 중기, 후기로 표시하면, 무라카미의 작품 이력은 대충 표 5와 같이 재정리할 수 있다.

표 5 **다섯 가지 시기로 나눈 무라카미 작품**

	장편	단편
초기	1979~1982	
	《바람의 노래를 들어라》 《1973년의 핀볼》	
		〈중국행 슬로보트〉 〈가난한 숙모 이야기〉 〈뉴욕 탄광의 비극〉
전기	1982~1987	
개체의 세계 (디태치먼트)	《양을 둘러싼 모험》	〈오후의 마지막 잔디밭〉 《반딧불·광을 태우다·그 밖의 단편》
	《세계의 끝과 하드보일드 원더랜드》	
		《빵가게 재습격》
중기	1987~1999	
쌍의 세계 (커미트먼트)	《노르웨이의 숲》 《댄스 댄스 댄스》	《TV 피플》
	《국경의 남쪽, 태양의 서쪽》 《태엽 감는 새 연대기》	
		《렉싱턴의 유령》
후기	1999~2010	
아버지와의 대치	《스푸트니크의 연인》	《신의 아이들은 모두 춤춘다》
	《해변의 카프카》 《애프터 다크》	
		《도쿄 기담집》
	《1Q84》	
현재	2011~	
	《색채가 없는 다자키 쓰쿠루와 그가 순례를 떠난 해》	
		《여자 없는 남자들》

무라카미가 장편, 스토리텔링, 강력한 힘을 바탕으로 소설을 써나가자고 결심한 시기는 1982년이다. 그러니 그 이전을 초기라고 하자.

전기는 1982년에서 1987년에 이르는 시기다. 작품으로 보면 장편은 《양을 둘러싼 모험》에서 《세계의 끝과 하드보일드 원더랜드》까지다. 그리고 단편은 〈오후의 마지막 잔디밭〉에서 〈반딧불〉 등의 안정적인 수작들을 거쳐 재생의 모색과 자괴의 수용으로 이어지는 단편집 《빵가게 재습격》까지다.

이 시기의 지표는 주인공이 '개체의 세계'를 산다는 점이다. 주인공 '나'는 늘 혼자다. 여자 친구가 있어도 이미 헤어졌거나(《오후의 마지막 잔디밭》), 여자 친구를 잃은 상실감에 젖어 있거나(《반딧불》), 결혼은 했지만 아내와 이혼한 상태이며(《양을 둘러싼 모험》), 새로운 여자가 나타났다가도 도중에 사라진다(《양을 둘러싼 모험》의 귀모델). 이때는 부정성을 포함한 사회성으로부터 긴급 피난(디태치먼트)이 기조를 이룬다. 또 그것이 《세계의 끝과 하드보일드 원더랜드》에 이르면 내폐적 세계가 주제로 부상하고, 《빵가게 재습격》에 실린 단편에서는 급기야 안정적이었던 디태치먼트가 파탄을 일으켜 작품에 그 자괴가 그려지게 된다.

중기는 전기의 디태치먼트 기조로 이루어진 안정적인 구조에서 작가가 방출되어 새롭게 커미트먼트를 모색하는 단계다. 이는 새로운 형식의 연애소설이 탄생할 수 있는 근거다. 역사적인 관심도 생겨난다. 근대적 부정성에 의존하지 않고 그것을 상대화하며 한 걸음 더 앞으로 나아가는 유형의 작품이 나타난다.

작품으로 보면 장편《노르웨이의 숲》,《댄스 댄스 댄스》,《국경의 남쪽, 태양의 서쪽》,《태엽 감는 새 연대기》와 단편집《TV 피플》,《렉싱턴의 유령》 등이다. 1987년에서 1999년에 이르는 시기로, 디태치먼트 공간에서 추방당한 주인공이 있을 곳이 없어지면서 새로운 연애소설이 생겼고《노르웨이의 숲》, 그것은 마침내 실종된 아내를 찾아 떠나는 이야기와 역사적 관심의 부상《태엽 감는 새 연대기》으로 이어진다.

지표는 주인공이 '쌍의 세계'에 살게 된다는 점이다. 이 시기의 주인공 '나'는 전기와는 전혀 다르게 기본적으로 커플을 구성한다. 연애를 하거나 결혼을 했으며, 연인이 먼저 죽거나 실종되어 잃어버린 상대를 찾아 떠난다.

또한 1995년 한신 아와지 대지진과 도쿄 지하철 사린 사건을 계기로 작품에서 커미트먼트를 모색하게 되고, 이로써 마침내 사회에 대한 작가 자신의 태도가 변화하며 전환의 징후가 나타난다《장님버드나무와 잠자는 여자》. 그러면서 1997년에서 1998년에 이르러 새로운 시도로 결실을 맺고《언더그라운드》,《약속된 장소에서 — 언더그라운드 2》, 그다음 새로운 움직임을 준비하게 된다.

후기는 이 커미트먼트의 전개로 무라카미의 소설에 새로운 축이 도입되는 시기다. 그 축은 아버지 또는 아버지에 준하는 이와의 갈등이다. 이제 쌍의 세계를 대신해 이 축('나'와 연소자, '나'와 아버지에 준하는 사람 등의 관계)이 스토리를 움직이게 된다. 1999년에서 2010년에 해당하는 이 시기에는 우선 2002년까지 이 축이 완성되고, 그 후에 쌍의 세계가 가담하면서 종합적으로 전개되는 형태가 보인다. 《스푸트니크의 연인》, 연작 단편집 《신의 아이들은 모두 춤춘다》에서 시작해 《해변의 카프카》까지가 아버지 또는 아버지에 준하는 이와의 갈등을 축으로 하고, 이후 《애프터 다크》를 끼고 《1Q84》에 이르면 이 축과 쌍의 세계에 있는 남녀 주인공의 축이 중층적으로 겹쳐 하나의 종합이 시도된다. 지표는 주인공의 관계성이 '아버지와의 대치'를 살게 될 만큼 깊어진다는 점이다.

이후 2011년 동일본 대지진과 후쿠시마 제1원전 사고를 거친 현시점까지를 현재라고 하자. 이 시기에 쓰인 장편 《색채가 없는 다자키 쓰쿠루와 그가 순례를 떠난 해》와 연작 단편집 《여자 없는 남자들》에서는 '아버지와의 대치'가 후경으로 물러나고, 작품의 축이 다시 전기의 개체의 세계(디태치먼트)와 중기의 쌍의 세계(커미트먼트) 간 갈등으로 돌아온다. 작가도 '나이'가 듦에 따라 새로운 '개체'가 등장하지 않을까 예상되지만, 어떤 움직임으로 이어질지는 아직 알 수 없다.

전기에서 중기로

1982년《양을 둘러싼 모험》, 1985년《세계의 끝과 하드보일드 원더랜드》, 그리고 1987년의《노르웨이의 숲》. 5년 사이에 획을 긋는 장편 걸작들이 잇달아 쓰였는데, 이 역시 전기에서 중기에 걸친 전개와 무관하지 않다. 즉 새로운 작품 세계를 확립한 후《양을 둘러싼 모험》, 그것을 더욱 깊이 파헤쳐 안정을 자괴로 추진하고《세계의 끝과 하드보일드 원더랜드》,《빵가게 재습격》), 이번에는 거기에서 작가 자신을 추방해 다음 작품으로 가는《노르웨이의 숲》 무라카미의 지속적인 자기 갱신의 자세 말이다. 여기에 자기 모방의 흔적은 전혀 없다. 이 세 걸작이 각기 전혀 다른 기법과 문체와 방법론으로 쓰인 것은 놀랍지 않을 수 없다.

《양을 둘러싼 모험》은 동시대 미국 문학의 영향 속에서 일본 문학에 그때까지 없었던 문체적 혁신을 보여준 유머러스한 순문학 작품이다.《세계의 끝과 하드보일드 원더랜드》는 의표를 찌르는 SF적 구성으로 이루어진 경쾌함과 비애, 유머와 페이소스를 겸비한 패러렐 월드의 이야기다. 그다음에 발표된《노르웨이의 숲》은 리얼리즘을 기조로 만인에게 열린 '그냥 소설'의 강함을 지닌 작품이다.

반딧불에서 노르웨이의 숲으로

《노르웨이의 숲》은 그때까지 디태치먼트를 기조로 주인공을 그려온 무라카미 하루키로서는 첫 연애소설이었는데 최종적으로는 천만 부를 넘는 베스트셀러가 되었다. 무라카미가 리얼리즘을 도입해 이렇게 평범한 작품을 쓰기는 처음이었다. 왜 이런 일이 생겼을까?

이전까지 기분 좋게 있던 디태치먼트 공간이 붕괴되어 작가 자신은 거기에서 발붙일 곳 없는 공간으로 방출된다. 이미 부정성이라는 자석은 작동하지 않는다. 행동 원리도 없고 이끌어주는 손도 없다. 그 같은 세계로 떨어져 나왔을 때 사람은 맨주먹으로 어떻게 살아갈 수 있을까? 그때 무라카미는 뜻하지 않게 근대 소설의 초심으로 되돌아간다.

그리고 그의 비약이 탄생한다. 그는 단편 작가에서 본격적인 장편 작가로 다시 태어난다. 이제 그 비약이 어떻게 탄생했는지를 검증해보자.

주인공 '나'인 와타나베 도오루는 대학에 진학한 후, 자살한 고등학교 친구 기즈키의 연인이었던 나오코와 도쿄에서 재회해 연애를 하게 된다. 나오코는 그 후 마음의 병을 앓게 되면서 대학을 그만두고 도쿄를 떠나 교토에 있는 의료 시설에 들어가지만 끝내 자살하고 만다. '나'는 도쿄에서 같은 과 친구인 미도리와 사귀고, 나오코가 죽은 후 그녀에게 사랑을 고백한다.

이 소설은 연애를 축으로 전개되지만, 전기에서 중기로 이행하는 의미를 알기 위해 전기에 쓰인 단편 〈반딧불〉(1983년)과의 관계를 참고해볼 수 있다.

〈반딧불〉에서는 앞서 말한 플롯 중 나오코에 해당하는 '그녀'가 대학을 그만두고 도쿄를 떠나는 장면까지 그려진다. 남은 '나'는 자신이 사는 옥상에서 반딧불을 풀어주고 그 반딧불은 밤하늘로 날아간다. 그런 상실감이 이 단편의 여운을 구성하고 있다.

단편 〈반딧불〉은 마침내 《노르웨이의 숲》의 첫 3장을 구성한다. 장편 《노르웨이의 숲》은 3장으로부터 이륙하게 되는데, 그러기 위해 무라카미는 두 가지 변화를 꾀했다. 첫째는 문체를 우열화하는 것(사람들이 흔히들 하는 이야기에도 견디낼 수 있는 장편의 촌스런 문체), 둘째는 새로운 등장인물을 도입하기 위해 먼저 있던 인물 하나를 스토리 밖으로 방출하는 것이다.

문체의 우열화란 이런 것이다. 〈반딧불〉에서 기숙사 친구들이 '나'를 놀린다.

기숙사 친구들은 일요일 아침에 내가 외출을 하면 늘 나를 놀렸다. (중략) 나는 그들을 그냥 내버려두었다. 데이트를 하고 돌아오면 누군가는 반드시 섹스는 어땠느냐고 물었다. 나는 늘 그냥 그렇지 뭐, 하고 대답했다.

이 부분이 《노르웨이의 숲》에서는 이렇게 달라진다.

기숙사 친구들은 일요일 아침에 내가 외출을 하면 늘 나를 놀렸다. (중략) 나는 그들을 그냥 내버려두었다. 저녁때 돌아오면 누군가는 반드시 어떤 체위로 했느냐, 그녀의 거기는 어땠느냐, 속옷은 무슨 색이었느냐 하는 시시껄렁한 질문을 했고, 나는 그럴 때마다 적당히 대답하곤 했다.

이런 문체가 아니고는 장편을 쓸 수 없다. 나아가 여기서는 전기의 디태치먼트 태도가 의식적으로 절제되어 있다.

두 번째로 등장인물을 보자. 〈반딧불〉에서 중요한 역할을 하는 기숙사 룸메이트는 《노르웨이의 숲》에서 '돌격대'라는 별명이 주어지면서 여전히 강한 인상을 남기지만, 이 '그렇게 유복하다 할 수 없는 가정에서 자란 좀 지나치다 싶게 성실한 셋째 아들'은 4장에 들어가면 갑자기 사라진다. 3장에서 새로운 기숙사 친구, '유복한' 가정에서 자란 나가사와가 등장하기 때문이다. 돌격대는 이 중요한 인물과 작중 위치가 겹치는 탓에 자리를 양보하는 식으로 모습을 감춘다.

나가사와 선배의 등장

그런데 나가사와야말로 앞선 〈패밀리 어페어〉에서 스스로 붕괴한 맥심을 그대로 지니고 있으며 — 타자와 원활한 관계를 맺지 못하는 탓에 어떤 유의 자폐를 품고 있다 — 이후 무라카미의 소설에 등장하는 괴물적인 존재의 원형이라 할 수 있다.

그는 다음 소설 《댄스 댄스 댄스》의 고탄다, 《태엽 감는 새 연대기》의 와타야 노보루의 전신이라고 해도 무방한데, 이 같은 출신으로 봐서도 무라카미 자신의 분신이라는 점에 주목해야 할 것이다. 실마리는 피츠제럴드의 《위대한 개츠비》다.

"《위대한 개츠비》를 세 번 읽은 남자라면 나와 친구가 될 수 있겠지."

나가사와의 말이다. '나'와 이 새로운 등장인물은 작가 자신이 더없이 사랑하는 작품의 애독자라는 공통점을 통해 친구가 된다. '나'는 그의 제안에 따라 걸 헌팅에 함께한다. 그러나 나가사와는 과거의 친구 기즈키와는 전혀 다른 인물이다.

그럼에도 나는 그에게 단 한 번도 마음을 허락한 적이 없었고, 그런 면에서 나와 그의 관계는 나와 기즈키의 관계와는 전혀 다른 유의 것이었다. 나는 나가사와 선배가 술에 취한 상태에서 어떤 여자를 몹시 심술궂게 대하는 것을 본 후로, 이 남자에게만은 무슨 일이 있어도 마음을 허락하지 않겠다고 결심했다.

나가사와는 외교관을 지망하고 있다. 왜 외무성에 들어가려고 하느냐는 질문에 이 분신은 이렇게 대답한다. 이유는 여러 가지다.

"그래도 가장 큰 이유는 나의 능력을 시험해보고 싶다는 거겠지. 어차피 시험하는 거 제일 큰 그릇에서 시험해보고 싶은 거야."

"무슨 게임처럼 들리는데요?"

"그래, 게임 같은 거야. 나는 권력욕이나 금전욕 같은 건 거의 없어. 정말이야. 나는 이기적이고 형편없는 남자일 수도 있지만, 그런 건 놀라우리만큼 없다니까. 소위 무사무욕의 인간인 거지. 호기심만 있을 뿐이야. 그리고 넓고 터프한 세계에서 내 힘을 시험해보고 싶은 거야."

"그럼 이상 같은 것도 없겠네요?"

"물론 그런 건 없어." 그는 말했다. "인생에는 그런 거 필요 없어. 필요한 건 이상이 아니라 행동 규범이라고."

이 부분을 읽으면 나가사와가 스스로의 행동 원리(맥심)의 자괴에 봉착하는 무라카미 전기의 주인공 상의 후신後身이라는 것을 잘 알 수 있다. 즉 "나는 형편없는 인간일지는 몰라도 최소한 타인을 방해하지 않는다"라고 말한 〈패밀리 어페어〉의 '나'처럼, 자기 나름으로는 확고한 '적당히 사는 생활 방식'을 관철하려는 인물의 후신이다. 그는 타인과의 교섭을 필요로 하지 않는다. 아니 이 인물은 무슨 이유인지 타인에게 마음을 열지 못한다. 내폐를 껴안고 있는 존재다.

과거에 이런 유형의 인물은 타인에게 좌지우지되지 않으며 자신의 스타일과 규칙을 갖고 있다는 의미에서 무라카미 소설에서는 긍정적인 지표였다. 그러나 이제 작가는 내폐의 한 형태라고 부정적으로 파악한다. 전기의 《양을 둘러싼 모험》에서 아내에게 "당신은 타인을 필요로 하지 않는다"라는 말을 들으며 이혼당한 '나'는 이 작품에서 자신을 보통 인간으로 느끼는 와타나베, 그리고 자신의 행동 원리를 관철하는 — 또는 그것이 빠져 있는 — 나가사와로 나뉘어 있다.

이 소설 《노르웨이의 숲》이 도가 지나친 베스트셀러가 된 탓인지 무라카미 자신은 "두 번 다시 이런 작품은 쓰고 싶지 않다", "어디까지나 예외"라고 하면서 자신의 작품 계보에서 마치 미운 오리새끼처럼 평했지만, 나는 절대 그렇게 생각지 않는다. 무라카미에게 획기적인 작품이며, 쥘부채의 이음매같이 그의 전기와 후기를 나누면서도 잇는 더없이 중요한 작품이다. 좀 더 강조하자면 그의 통제에서 벗어나 그의 태를 뚫고 나온, 그에게는 유일무이한 작품이라고 할 수 있다.

이 작품이 그때까지 없던 다이너미즘dynamism을 갖출 수 있었던 요인은 등장인물에서 찾을 수 있다. 우선 미도리의 등장이다. 나오코와 더불어 연인의 상이 음과 양, 내향성과 외향성, 디태치먼트와 커미트먼트로 분기된다. 또 다른 인물은 잘 보이진 않지만 나가사와다. 주인공 '나'인 와타나베와 더불어 역시 주인공 상이 둘로 분열된다. '나'는 과거의 디태치먼트 공간에서 쫓겨나 지금은 스타일도 없고 설 곳도 없는 볼품없고 고독한 존재다. 반대로 '나'를 잃어버린 과거의 디태치먼트 공간에 남은 주인공 상의 절반은 타자와 관계를 맺지 못하는 나가사와로 만들어진다. 뒤집어서 말하면, 무라카미 하루키는 이 작품에 와서야 등장인물 사이에 '대립' 구조를 만들어내는 데 성공한 것이다. 동시에 비로소 본격적인 소설의 주인공 상을 획득했다고 할 수 있다.

와타나베의 획기성

그중에서도 양자 간의 다이너미즘이 가장 생기 있고 다채롭게 표현되는 장면은 다음과 같다.

나가사와에게는 하쓰미라는 기품 있고 성품 좋은 연인이 있다. 그런데도 나가사와는 여성 편력을 멈추지 않는다. 하쓰미에게 호감을 품고 있는 와타나베는 나가사와를 따라 걸 헌팅에 끼면서도 나가사와의 행동에 혐오감을 느낀다. 외교관 시험에 합격한 나가사와를 축하하는 자리에서 하쓰미는 나가사와에게 두 사람은 다르다고, 와타나베는 너 같지 않다며 두 사람의 차이를 강조한다. 그러자 나가사와는 부정하면서 우리는 닮은 족속이라는 식으로 "나, 전에 와타나베랑 여자를 바꿔서 논 적도 있다고. 맞지? 우리 그랬지?" 하고 와타나베에게 동조를 구한다. 그러자 하쓰미의 태도가 바뀐다.

하쓰미 씨는 포크와 나이프를 내려놓고 냅킨으로 살며시 입을 닦았다. 그리고 내 얼굴을 보았다.

"와타나베, 정말 그런 적이 있는 거야?"

어떻게 대답하면 좋을지 몰라, 나는 잠자코 있었다.

왜 소중한 연인이 있는데, 다른 데서 그렇게 '옳지 않은' 행동을 하는가? 이 질문에 주인공 와타나베는 대답하지 못한다. 그는 떠올린다. 나가사와와 여자를 교환한 적이 분명 있기는 했다. 처음 와타나베의 상대가 된 여자는 미인은 아니었지만 성격이 좋고 하는 이야기도 재미있어서 마음에 들었다.

나와 그녀가 섹스를 한 후에 침대에서 꽤 재미나게 이야기를 하고 있는데, 나가사와 선배가 와서 여자를 바꾸자고 했다. 내가 그 여자에게 괜찮겠느냐고 묻자, 그녀는 말했다. 뭐 괜찮아, 너희들이 그러고 싶다면. 그녀는 아마 내가 그 미인 쪽과 하고 싶어 한다고 생각한 것이리라.

하쓰미가 "그래서, 즐거웠어?"라고 묻자, 와타나베는 대답한다. "뭐 특별히 즐거웠던 건 아니에요. 그냥 했을 뿐이죠. 그런 식으로 여자와 잔다고 해서 특별히 즐거운 일이 있는 건 아닙니다." "좋아하는 사람이 있으면, 그 사람과 어떻게든 할 수는 없는 거야?" "복잡한 사정이 있어요." 잠시 후, 하쓰미는 그런 건 그에게 맞지 않는다고 말한다. 와타나베도 그 말에 동의한다. 그러자 하쓰미는 더욱 몰아세운다.

"그런데 왜 그만두지 못하는 거야?"
"때론 온기가 그리워지거든요." 나는 솔직하게 말했다. "그런 맨살의 온기 같은 게 없으면 가끔 견딜 수 없이 외로워져요."

내가 보기에 이 부분이 이 장편 소설의 백미가 아닐까 한다. 적어도 백미 중의 하나로 꼽을 수 있는 중요한 장면인 것은 틀림없다. 주인공은 여자에게 굶주려 있다. 좋아하는 여자가 있지만 섹스는 할 수 없다. 그래서 나쁘다고는 생각하지만, 참을 수 없어 걸 헌팅에 응하고 섹스를 한다. '옳음' 앞에서 그렇게 해명하는 주인공이 이전에는 — 또 이후에도 — 무라카미의 소설에 등장하지 않는다는 점을 고려하기 바란다. 이것만으로도 이같이 제시되는 주인공 상이 그의 문학 이력에서 획기적임을 알 수 있을 것이다. 여기서 주인공은 과거처럼 쿨하지도 않고 디태치먼트의 행동 원리를 지니고 있지도 않다. 어느 쪽도 아니고 절조가 없으며 무방비하고 평범하기까지 하다. 그러나 그런 존재가 여전히 주인공일 수 있다면, 소설의 구조가 아주 견고하기 때문이라고 하지 않을 수 없다. 마찬가지로 견고한 소설로 금방 떠오르는 예를 들자면 나쓰메 소세키의 작품이 될 것이다.

나쓰메 소세키까지 운운하지 않더라도 원한다면 이런 예를 들어볼 수도 있다.

나는 여자에게 굶주려 있다.

나는 정말 여자에게 굶주려 있다. 안타깝게도 아름다운 여자, 젊은 여자에게 굶주려 있다. 7년 전, 내 나이 열아홉 살에 사랑했던 쓰키코 씨가 고향으로 내려간 후로 젊고 아름다운 여자와는 말조차 한 적이 없는 나는 여자에게 굶주려 있다.

〈축복받은 사람〉

이는 무샤노코지 사네아쓰가 대역사건°의 충격을 거쳐 사회주의의 부정성으로부터 벗어난(〈분홍색 방〉) 직후인 1911년에 발표한 〈축복받은 사람〉이라는 소설의 서두 부분이다. 대역사건으로 존경하는 고토쿠 슈스이가 처형되자 몸이 부들부들 떨렸고, 그런 자신의 반응에 솔직하게 움직였더니 이런 작품이 나온 것이다.

또 이런 소설도 있다. 주인공이 좌익의 불법 운동에 참가했

1910년 천황 암살 기도의 죄목으로 사회주의자 26명이 처형되거나 감옥에 갇힌 사건.

다가 전향해 출옥하고 시골집으로 돌아갔는데, "아들아, 부끄러운 일인 줄 알면서 전향하고 왔으니 당분간은 자숙하고 절필해라" 하고 아버지가 훈시한다. 주인공이 침묵하니 "어떻게 할 것이냐?" 하고 아버지가 또 채근하자, 한참을 더 망설인 후 그는 말한다.

그는 자신이 기질적으로 타인에게 설명해도 이해하지 못할 파렴치한인 것일까 하는 막연하고 텅 빈 외로움을 느꼈지만, 역시 대답했다. "잘 압니다. 하지만 역시 쓰고 싶습니다."

〈마을의 집〉

낙담한 아버지는 어깨를 축 늘어뜨린다. 이 글은 나카노 시게하루가 치안유지법 위반으로 체포된 후, 공동 전향의 태풍 속에서 1935년 자신도 전향하고 출옥한 후에 쓴 〈마을의 집〉의 유명한 장면이다.

요시모토 다카아키는 〈전향론〉에서 여기에 '옳음'에 대한 고독한 저항이 드러나 있다고 높게 평가했다. 무샤노코지 사네아쓰, 나카노 시게하루 두 작가 모두 그때까지 안정적이었던 부정성의 공간에서 추방당했다. 소위 모럴과 맥심에서도 쫓겨나 그리 모양새 좋지 않은 불안한 위치에서 쓰고 있다. 그러나 이런 일본 근대 문학이 지닌 올곧음의 연장선에서 《노르웨이의 숲》의 와타나베의 말도 해석할 수 있다. 여기서 무라카미는 이 작가들과 마찬가지로, 아무것도 지켜주지 않는 문학의 원점적 장소에 주인공을 세워놓고 있다.

이후 와타나베는 하쓰미를 집까지 바래다준다. 그리고 이때가 하쓰미를 보는 마지막이 된다. 나가사와는 외교관이 된다. 하쓰미는 2년 후 다른 상대와 결혼하지만, 그 2년 후에는 면도칼로 손목을 그어 자살하고 만다. 와타나베는 몇 년이 지나 나가사와에게서 그 소식을 듣는다.

그가 본에서 내게 편지를 보냈다. "하쓰미의 죽음으로 뭔가가 사라져버렸고, 그것은 견딜 수 없이 슬프고 괴로운 일이다. 이런 나조차도." 나는 그 편지를 찢어버렸고 그에게 두 번 다시 편지를 보내지 않았다.

이 작품에서 무라카미의 중기가 시작된다. '상실'이란 주제는 이미 그의 소설에 등장하지 않는다. 이런 작품이 한국에서 《상실의 시대》라는 제목으로 일반 독자들에게 큰 인기를 얻었으나 소위 지식층에게는 외면당했다는 점에서 역사의 아이러니를 느낀다. 물론 똑같은 일이 일본에서도 있었다. 하지만 일반 독자와 지식층은 소설을 읽는 힘에는 차이가 없다. 다만 잘못 해석하는 경우 그 방식이 다를 뿐이다.

이후 1994~1995년의 《태엽 감는 새 연대기》까지 무라카미의 작품 속에는 '나'와 '나가사와'적인 분신이 전투를 벌이는 새로운 드라마 투르기가 담긴다.

역사 기술 쪽으로

중기의 집대성

《노르웨이의 숲》의 예상치 못한 베스트셀러 행진은 무라카미의 생활에 큰 영향을 미쳤다. 그 결과 그는 본의 아니게 일본을 떠나게 되었다. 대부분 외국에서 생활하면서 1988년《댄스 댄스 댄스》를 썼고, 1991년 이후에는 미국으로 거처를 옮겨(1995년까지 프린스턴, 터프츠, 하버드에서 객원 연구원, 객원 교수를 지냈다) 그곳에서 대장편이라 할 수 있는《태엽 감는 새 연대기》를 썼다.

총 3부로 간행된《태엽 감는 새 연대기》는 다양한 의미에서 기존 무라카미 작품의 요소들이 모두 집대성된 작품이라 할 수 있다. 그러나 물론 그때까지 나온 모든 것을 동원한다고 집대성이 되는 것은 아니다. 그것들을 연결하는 강력한 자기장이 필요하다.

부엌에서 스파게티를 삶고 있을 때 전화가 걸려왔다. 나는 FM 방송에서 흘러나오는 로시니의 〈도둑 까치〉 서곡을 들으면서 휘파람을 불고 있었다. 그 곡은 스파게티를 삶으며 듣기에 더없이 좋은 음악이었다.

《태엽 감는 새 연대기》 1부

소설은 이렇게 시작된다. 문체는 이전의 작품들보다 한결 군더더기가 없다. 배낭에 필요한 최소한의 것들밖에 들어 있지 않은 느낌이다. 속도감도 좋다. 먼 원정을 각오한 차림새다.

중기에 들어서자 무라카미 소설의 주인공은 《양을 둘러싼 모험》의 '나'가 지닌 디태치먼트한 '쿨함'을 잃어버리고 《노르웨이의 숲》의 보다 평범한 와타나베와 보다 과격한 나가사와로 분열된다. 언뜻 보기에 별 특징 없는 자신을 평범한 사람으로 여기지만 실은 음영이 풍부한 — 버팀목이 없는 — 인간 유형 와타나베에게 새롭게 힘이 실린다. 《태엽 감는 새 연대기》에서도 주인공인 '나' 오카다 도오루는 《양을 둘러싼 모험》의 '나'와는 반대로, 아내가 실종되어 그 아내를 찾아다니는 하우스 허즈번드이다. 이름은 《노르웨이의 숲》의 와타나베와 같은 도오루. 작품은 그가 스파게티를 삶는 부엌 장면에서 시작된다.

무라카미 자신은 이때에야 비로소 "부부란 것을 쓸 수 있게
되었다"라고 했다. 그는 《태엽 감는 새 연대기》를 쓸 때 "문득
떠오른 이미지는 역시 소세키의 〈문〉"이었다고 말했다(《무라카
미 하루키, 가와이 하야오를 만나러 가다》).

나쓰메 소세키의 전기 3부작이 〈산시로〉(주인공은 독신, 연애의
바깥쪽에 있다), 〈그 후〉(주인공은 연애하고 있다), 〈문〉(주인공은 아내가
있지만 죄책감 속에서 살고 있다)인 것처럼 무라카미의 장편 소설 역
시 《양을 둘러싼 모험》(주인공은 독신, 연애의 바깥쪽에 있다)과 《노
르웨이의 숲》(주인공은 연애하고 있다)을 거쳐 이제 《태엽 감는 새
연대기》에서 시원치 않은 하우스 허즈번드의 '부부 이야기'를
하기에 이른다. 자기력의 연원은 이 작품에서도 주인공이 맨주
먹이라는 것, 아무 버팀목도 없다는 것이다.

느닷없는 역사 기술

현재의 시각에서 반드시 짚어봐야 할 것은 왜 《태엽 감는 새
연대기》에 이르러 무라카미 하루키의 소설 세계에 느닷없이
사회적인 '과거'인 역사가 도입되었느냐 하는 것이다. 이전까지
그의 작품에서 일본 사회의 과거, 일본이 아닌 사회의 과거가
그려진 적이 있다 해도 그것은 현실과는 동떨어져서 더욱 디테
치먼트한 그의 자세를 뒷받침하는 것이었기 때문이다.

예를 들어서 1982년의 첫 본격 장편 《양을 둘러싼 모험》에는 일본의 과거가 등장한다. 일본 사회의 암부暗部를 상징하는 우익 거물 '선생'은 세계대전 이전의 아시아에서 암약했는데 전후 일본의 정계를 움직인 실재 인물 고다마 요시오를 연상케 한다. 전쟁 전 군부 요청에 따라 홋카이도에서 방한 군복을 위해 면양을 사육하는 계획도 그렇다. '양'의 출현과 1936년에 있었던 2·26 사건이 겹쳐지고, 그 외에 징병을 거부하기 위해 양 사나이로 변신한 청년도 등장한다.

　등장인물 중 한 사람은 양에 대해서 "말하자면 일본의 근대 자체"라고 하고, 양 박사에 대해서는 "근대 일본의 본질을 이루는 우열함은 우리가 아시아 타 민족과의 교류에서 아무것도 배우지 못했다는 점이야"라고 발언한다. 따라서 양이 '탈아입구脫亞入歐' 또는 '부국강병' 등과 같은 근대 일본의 강박관념을 상징한다고 해석하는 것도 무리는 아니다.

　이 소설을 읽은 미국 사람들 대부분은 내게 "이건 순수하게 폴리티컬 노벨"이라고 말했다. 그리고 그들은 이 소설에 등장하는 양의 의미를 각기 해석해 들려주었다. 그들은 대개 양을 신화적이고 토속적인 것의 표상으로 파악하고, 그런 역사적 의지가 글로벌한 세계와 커미트먼트할 때의 '발열' 같은 것에 무척 흥미를 갖고 있었다.

〈내 작품을 말한다〉, 《무라카미 하루키 전 작품 1979~1989 ②》

외국 사람들이 작가의 작품에 그런 반응을 보였다는 것은 예상치 못한 사태지만 종종 있는 일이기는 하다. 일본에도 그런 발열성 논문이 없지 않다.

그러나 이는 "해석으로는 대단히 흥미롭"지만, "나는 그런 것에 관심이 있어 이 소설을 쓴 것은 아니다"라는 작가 본인의 감상으로 갈무리하는 것이 적절할 것이다. 오히려 이 소설은 '그런 것에 관심이 없다'는 데 중점을 두고 '박제적'으로 쓰였다. 무라카미는 이 작품에서 이런 근대 일본과 전후 일본에 대한 전후적 해석의 정형을 소설의 틀 안에 채용하면서 소위 그 부정성을 환골탈태시켜 탈구축하는 쪽으로 과거라는 소재를 활용하고 있다. 따라서 이 작품의 현실 이탈(디태치먼트)의 부양력은 그 원심성에 있다.

《양을 둘러싼 모험》이 전기 디태치먼트 시기의 작품이라는 의미는 다름 아닌 '폴리티컬한' 요소의 '살균화'에 있다. 이 작품에는 전후 일본 정계의 흑막도 등장하고 근대 일본의 병폐도 등장한다. 그러나 그것들 모두 무겁지 않다. 가볍다. 이는 살균화의 효과이며 바로 여기에 이 작품의 새로움이 있다.

이런 이화異化 작용이 이 작품을 전에 없이 자유롭고 신기하게 만들고 있는 것이다(이 소설은 1970년 11월 25일, 미시마 유키오가 할복한 날 시작된다. 역시 이화 작용을 노린 것이며 작품 속에서 그 의미는 박제화된다. 그러나 이 이화 작용은 그 자체가 의미를 갖지 않는 영어권에서는 기능하지 못한다. 첫 영역판에서 이런 요소들은 전부 제거되었다. 수정에 무라카미가 동의한 것도 그 때문일 것이다).

이에 반해, 근대 일본에 대한 비판에서 전후적 문맥의 살균화, 탈구축이라는 요소가 보이는 것은 비슷하지만,《태엽 감는 새 연대기》의 역사 기술이 지니는 의미는《양을 둘러싼 모험》이후《노르웨이의 숲》을 통과하면서 크게 변화했다.《양을 둘러싼 모험》에서 살균화는 근대 일본을 비판하는 부정성의 문맥 자체를 괄호 안에 넣는 것, 즉 부정성의 탈구축, 디태치먼트를 의미했다. 그러나《태엽 감는 새 연대기》에서 역사로 기술되는 동아시아 침략, 신징의 식민지 생활, 노몬한 사건 등은 종래의 부정성을 살균하고 탈구축하는 동시에 전혀 다른 종류의 새로운 부정성을 만드는 것, 커미트먼트에 역점을 두고 있었다.

폭력성의 이유

《태엽 감는 새 연대기》에서 역사 기술이란 다음과 같은 장면 요소를 가리킨다.

주인공 오카다 도오루는 갑자기 없어진 아내 구미코를 찾아 자기 내면의 어둠의 세계로 내려간다. 우선 1부가 장별로 잡지에 연재된 후 1994년에 1부와 2부가 출간되었고, 이어 일 년 후 속편이 이어지는 형태로 3부가 출간되었다. 아내를 찾는 여정에서 '나'는 혼다라는 점쟁이를 만나는데 그 인물이 구술하는 전우 마미야 중위의 노몬한 일화가 1부에 등장한다. 이어 3부에는 영매적 존재인 아카사카 넛메그가 등장해 또 다른 일화를 이야기한다. 만주 신징에서 철수할 때 신징 동물원을 폐쇄하며 동물을 총살하는 이야기다.

노몬한 일화는 이렇다. 대학에서 지리를 전공한 마미야 중위는 사건 전해에 국경 지역에서 지리 조사를 하기 위해 상관과 함께 할하 강을 건넜다가 몽골군에게 체포된다. 그리고 냉혹하기로 이름난 야마모토 상관이 온몸의 피부를 벗겨내는 고문에 가까운 방식으로 학살당한다. 그 후 마미야 중위는 사막에 있는 우물에 버려지고 그곳에서 내적 변화를 겪고 기적적으로 살아 돌아온다. 이 중에서 박피형 장면은 유명하다.

마침내 오른팔은 거죽이 완전히 벗겨져 얇은 한 장의 시트처럼 되었습니다. 거죽을 벗겨낸 사람은 그걸 옆에 있던 병사에게 건넸어요. 병사는 그걸 손가락으로 집어 펼쳐서는 돌아다니면서 모두에게 보여주었죠. 거죽에서는 아직도 피가 뚝뚝 떨어지고 있었습니다. 그다음 장교는 왼팔로 옮겨가 똑같은 과정을 반복했죠. 그는 두 다리 거죽을 벗겨내고 성기와 고환을 잘라내고 귀를 잘라냈습니다. 그리고 머리 거죽을 벗기고 얼굴을 벗기고 마침내 전부 벗겨내고 말았죠. 야마모토는 실신했다가는 또 의식을 되찾고, 그러다 또 실신했습니다. 실신하면 소리가 멈추고, 의식이 돌아오면 비명이 계속되었죠.

그러나 그 소리도 점차 작아져 끝내는 사라지고 말았습니다.

《태엽 감는 새 연대기》1부

유목민이 양의 가죽을 벗겨내듯이 인간의 거죽을 벗겨낸 것이다.

신징 일화는 이렇다. 1945년 8월, 소련 참전을 앞두고 일본군이 동물원을 폐쇄하기 위해 인간을 공격할 가능성이 있는 동물들의 우리를 찾아 호랑이, 표범, 곰을 잇달아 사살한다. 동물원장이 아버지인 아카사카 넛메그는 철수선이 미 해군 잠수함에게 정지 명령을 받아 소동이 일어난 가운데 본국으로 돌아가는 사람들의 무리 속에서 (아버지에게 들은) 당시 광경을 환각처럼 알알이 떠올린다. 이 장은 3부 출간에 앞서 「신초」에 먼저 게재되었다. 제목은 〈동물원 습격〉(또는 〈미련한 학살〉)이다. 한 부분을 인용해보자. 병사들이 사격한다.

호랑이들은 눈에 보이지 않는 거인이 휘두르는 커다란 막대기에 힘껏 두들겨 맞은 것처럼 순간적으로 튀어 올랐다가 포효하면서 바닥에 쓰러졌다. 그리고 고통스러운 듯이 몸을 뒤틀고 신음하고 목으로 피를 토했다. 병사들은 첫 일제사격에서 호랑이들을 깔끔하게 죽이지 못했다.

《태엽 감는 새 연대기》3부

이 장면에서는 반대로 병사들이 인간에게 한 짓이 동물에게 적용된다.

생각해보면, 이 작품은 폭력적인 장면으로 넘친다고 할 수 있다. 앞선 박피 장면은 극단적인 예이긴 하나, 2부가 끝날 즈음 '나'가 신주쿠 역에서 한 번 만난 적 있는 남자의 뒤를 밟다가 도리어 습격을 당하고, 배트를 다시 빼앗아 거의 죽기 직전까지 그 남자를 걷어차고 때리는 등 폭력적인 장면이 여러 군데 있다. 3부 끄트머리에서는 나가사와의 후신이라 할 수 있는 라이벌 악당 와타야 노보루가 폭한에게 습격당해 의식불명의 중태에 빠진다.

왜 그런 것일까? 이 소설에서는 과거와 현재를 잇는 것이 무의식이며 폭력이고 죽음이기 때문이다. 자신을 찾아 우물 속으로 내려가면, 현재와 과거가 이어져 살아 있다는 것을 알 수 있다. 그곳에는 그런 사회로부터 멀어져 자신을 밀폐하려다 나타난, 지금까지와는 다른 방식으로 포착된 과거이자 역사가 있다. 이 때문에 주인공이 사회로부터 멀어져 자기 무의식의 어둠으로 침잠하면 거기에 역사가 나타나는 것이다. 그것은 이미 박제화된 ― 이화만을 위한 ― 역사적 사실이 아니다.

개인에서 역사로

다시 한 번 첫 질문으로 돌아갈까 한다. 왜 《태엽 감는 새 연대기》에 이르러 역사가 등장하게 되었는가? 두 가지 요인을 생각해볼 수 있겠다.

첫째, 《노르웨이의 숲》의 예상을 뛰어넘은 판매는 앞에서도 언급했듯이 무라카미가 일본에서 생활하는 것마저 곤란케 했다. 무라카미는 1991년부터 거처를 미국으로 옮겼다. 이 작품은 그가 객원 연구원으로 체재한 미국 동부의 프린스턴 대학 도시에서 쓰였다. 그는 일본을 떠나 미국에 장기 체류하는 형태로 생활의 장을 옮겼다. 일본을 밖에서 바라보게 된 것이다. 그리고 자신과 일본의 연결고리를 새롭게 의식하게 되었다.

둘째, 전기의 창작법이던 스토리텔링이 중기에 와서는 스토리 세계로의 몰입, 그것도 스토리에의 전적인 투신이라고 해야 할 만큼 강도 높은 단계로 나아갔다. 그는 무의식의 어둠으로 침잠해 거기에서 예기치 못하게 역사와 마주쳤다.

이 작품을 탈고한 후, 첫 번째 요인에 대해 무라카미는 가와이 하야오와의 대화에서 이렇게 말한 바 있다.

"일본에 있는 동안에는 최대한 개인이 되고 싶었다. 그런데 미국에서 4년 반을 살면서 내면의 여러 가지 문제에 상당한 변화가 있었다. 미국에 가서야 개인으로 도망칠 필요는 없다는 걸 알았다. 그 나라에서는 개인이 전제였기 때문이다. 그 결과 반대로 나 자신의 사회적 책임감 같은 것을 좀 더 생각해보고 싶어졌다. 1960년대 말 학생 분쟁의 시기는 우리들 세대에게는 '커미트먼트의 시대'였다. 그런데 마땅히 그래야 했지만 철저하게 짓밟히고 나자 순식간에 디태치먼트로 넘어가고 말았다. 지금 미국에서 몇 년을 살아보니 커미트먼트에 대해 다시금 생각하게 되었다."

그리고 두 번째 요인에 대해서는 이렇게 말했다.

"스토리에 대한 생각과 사고가 이전과 달라졌다. 때문에 1990년대에 들어 동시대 미국 소설가들의 작품에서도 내가 느끼기에 설득력 있는 스타일의 실례가 좀처럼 보이지 않게 되었다."

문제는 역시 스토리의 질이라고 생각합니다. 결국 그들이 들려주는 스토리 자체가 내가 추구하는 것과는 미묘하게 어긋나게 된 것이죠. (중략) 그들이 스토리를 마무리 짓는 법, 그 리얼리티에 대해서 아쉽지만 나 자신이 전적으로 수긍할 수는 없게 되었어요. 또는 '폴리티컬리 커렉트politically correct'적인 시대의 정신적 규제가 픽션의 트릭스터trickster적인 힘을 죽이는 방향으로 작용했는지도 모르겠다는 생각도 듭니다.

〈메이킹 오브 '태엽 감는 새 연대기'〉

이는 무라카미가 생각하는 스토리가 지금까지 자명하게 여겨왔던 '개체'와 '모럴'과 '로직'으로 구축, 전개되는 것이 아니라, 반대로 이것들을 해체하고 다시 융합해 그 궁극에 있는 어둠, 무의식 속으로 내려가는 도구로 변했다는 것을 뜻한다.

지금까지 '개인'이란 더 이상 분할할 수 없는 단위였으며 문학은 그 위에 모럴의 문제를 형상화해왔다. 이에 대해 무라카미는 스토리에의 망아적 투신을 통해 자신이라는 기수基數, 개인이라는 기수 앞으로 나아가려 했다. 그것이 말하자면 부정성의 해체 후에 그가 발견한 커미트먼트의 태도다.

그 직접적인 반영으로 소설은 '윤리'를 뛰어넘는다. 또 있을 수 없는 우연적 요소가 소설 속으로—정식 멤버로—밀고 들어온다(편리하고 안이한 '우연'이라는 요소는 지금까지 통속소설의 요소로 여겨져왔으나, 이 시기의 무라카미 작품에서는 이에 대해서도 '반전'이 발생한다).

《태엽 감는 새 연대기》가 온갖 수수께끼를 방치한 채 2부로 끝났을 때 어마어마한 비난이 쏟아졌다. 원래 그를 지지하던 사람들도 그 비난에 합세했다. 이전의 《양을 둘러싼 모험》, 《세계의 끝과 하드보일드 원더랜드》, 《댄스 댄스 댄스》 등에서는 다양한 수수께끼가 독자를 매료한 요소이기도 했지만 마지막에는 어느 정도 해명되었다. 해명되지 않았어도 해명되어야 할 것으로 거기 남아 있었다. 즉 윤리(합리성)가 살아 있었던 것이다. 그런데 《태엽 감는 새 연대기》에 오면 이미 그런 것은 없어진다. 전근대의 일본 작가 우에다 슈세이의 작품처럼 수수께끼는 윤리의 틀을 벗어나고 만다. 그 상징이 작중에 나타나는 '벽

통과하기' 장면이다.

　　방의 어둠 속에 복도의 빛이 가늘게 비쳐 드는 동시에 우리들은
벽 속으로 쓰윽 들어갔다. 벽은 마치 거대한 젤리처럼 싸늘하고 흐물
거렸다. 나는 그것이 입 안으로 들어오지 않도록, 입을 꾹 다물고 있
어야 했다. 허 참 내가 벽을 통과하고 있군, 하고 생각했다.

《태엽 감는 새 연대기》 2부

　　그러나 더 큰 변화는 개체를 한없이 해체하고 자신의 무의
식 깊이 내려가자 그 깊은 곳에서 역사가 나타났다는 점이다.

　　내 생각에, 일본에서 개인을 추구하다 보면 역사와 마주칠 수밖
에 없지 않을까 싶습니다. 뭐라 설명은 잘 못하겠지만.
　　현대, 동시대의 개인을 그리려 해도, 말씀하셨다시피 일본에서 개
인이란 무엇인지 그 정의가 상당히 애매하잖아요. 그런데 역사라는
날실을 도입하면 일본이라는 나라에 사는 개인이 좀 더 알기 쉬워지
지 않겠는가 하는 기분이 들어요. 왠지는 몰라도 말이죠.

《무라카미 하루키, 가와이 하야오를 만나러 가다》

　　스토리를 개체를 해체하고 자기 무의식의 어둠으로 내려가는
수단으로 했더니, 그 무의식 속에 역사가 나타났다는 말이다.

파고 또 파 내려가다

무라카미의 소설에 역사 기술이 출현하도록 한 두 가지 요소가 서로 대조적이며 반대 방향이라는 것을 금방 알 수 있다. 한쪽은 개체의 자각에 입각한 사회적 책임감, 즉 디태치먼트를 향한 의욕인 데 반해 다른 쪽은 우물 속으로 침잠해 사회로부터 멀어지는 움직임이다. 개체가 완전히 용해된 후 무의식 속에 역사가 나타난다.

이렇게 생각해보자. 첫째, 처음에는 애매하고 정형성이 없던 일본 사회에서 벗어나 개체를 지키려 했다. 둘째, 그러나 개인주의의 나라 미국에 오니 그럴 필요가 없어졌다. 셋째, 그래서 이번에는 개체를 전제로 그다음을 생각하려 했다. 넷째, 그랬더니 개체로 더욱 깊게 침잠하게 되었다.

해석하면, 셋째 '개체에서의 출발(사회에 커미트먼트하는 의욕)'과 넷째 '개체로의 침잠', 즉 '개체에 다 담기지 않는 스토리에의 투신(사회로부터 디태치먼트하기)'이 같은 출발점에서 생겨난 한 방향의 움직임으로 보이게 된다.

왜 상반되는 것이 공히 역사로 이어지는가? 우물에 관한 다음의 비유는 이 질문에서 생겨났다고 생각할 수 있다.

지금까지 그랬던 것처럼 "당신이 하는 말은 잘 알겠어. 그러니 이제 손을 잡자고" 하는 게 아니라, '우물'을 파고 파고 또 파 내려가 그곳에서 절대 이어질 리 없는 벽을 넘어 이어지는, 나는 그런 방식의 커미트먼트에 상당한 매력을 느꼈죠.

《무라카미 하루키, 가와이 하야오를 만나러 가다》

자신의 내면을 한없이 파 내려가면 지하수처럼 이어진다. 그곳에서 '절대 이어질 리 없는 벽을 넘어' 타인과 이어진다. "《태엽 감는 새 연대기》를 통해 새롭게 발견하게 되는 역사란 내게는 그런 것이다"라고 무라카미는 말한다.

이 언명을 《태엽 감는 새 연대기》라는 거대한 작품과 함께 생각하면, 그가 예루살렘에서 언급했던 아버지의 죽음이 절로 상기된다. 그는 자신의 아버지가 중국 대륙의 전투에 참전했다고 말했다. 그 후 아버지는 매일 아침 불단 앞에서 전쟁터에서 죽어간 사람들을 위해 기도를 올렸다. 그 모습은 뒤에서 보면 늘 죽음의 그림자가 어려 있는 것처럼 느껴졌다. "거기에 있던 죽음의 기척은 아직도 내 기억에 남아 있다. 그것은 내가 아버지에게 물려받은 몇 가지 안 되는 것들 중에 소중한 한 가지다."(《벽과 알》, 《잡문집》)

그리고 보다 앞서 《태엽 감는 새 연대기》를 집필한 해에도 그는 이렇게 말한 적이 있다. "지금 아버지와는 소원한 사이가 되어 만나는 일도 별로 없다. 하지만 내 피 속에는 그의 경험(아버지의 전쟁 경험)이 흐르고 있다고 생각한다. 나는 그런 유전도

있을 수 있다고 믿고 있다."(이안 부루마, 〈무라카미 하루키, 일본인이 되다는 것〉)

1995년 이 인터뷰를 한 다음 날 무라카미가 인터뷰어에게 직접 전화를 걸어 "미묘한 문제이니 그 부분(아버지와의 일)은 쓰지 말아 달라"고 했다고 한다. 따라서 이 글은 요청을 거스르고 써버린 난감한 인터뷰 기록이 되고 말았다. 하지만 이 기이하다고도 할 수 있는 "그런 유전도 있을 수 있다고 믿고 있다"라는 발언은 지옥 순례와도 같았던 4년간의 《태엽 감는 새 연대기》 집필 체험을 바탕으로, 그해에 그의 입에서 문득 흘러나왔을 것이라고 충분히 짐작할 수 있다.

그리고 그런 무라카미의 '역사'가 늘 이 '아버지로부터 물려받은 유전'을 통해 중국과 얽히는 형식으로 나타난 것(예를 들어 에토 준이나 무라카미 류처럼 미국과의 대립이라는 형태를 취하지 않은 것), 그 연결이 〈중국행 슬로보트〉 이후 언제나 '죽음의 기척'을 거느리고 나타난 것(《중국행 슬로보트》에는 "그리고 죽음은 어째서인지 중국인을 기억나게 한다"라는 수수께끼 같은 말이 나온다), 또 그 후 이 계보의 연장선에서 중국인 여성에 대한 폭력이 더해지는 《애프터 다크》가 쓰인 것에 대해 일련의 배경이 되고 있다.

생생한 역사와 마주하는 법

그렇다면 이런 형태로 역사와 마주치는 일은 기존 역사와의 관계, 다시 말해서 전후 체험의 계승, 역사의식의 문제 등과 어떻게 다른가?

앞에서 이야기한 '동아시아 문화권과 무라카미 하루키'라는 심포지엄에서 한국의 학자 윤상인 씨는 《태엽 감는 새 연대기》에 기술된 만주와 몽골에 대해 현실의 동아시아와는 유리된 가공의 이미지에 지나지 않는다는 부정적인 견해를 피력했다. 이는 일본에서도 논란이 분분했던 무라카미 하루키의 비사회적이고 소극적이고 수동적인 자세에 대한 비판과도 상통하며, 무라카미의 역사 기술에 담긴 박제성과도 이어지는 지적이었다. 현실은 그렇게 단순하지 않고, 미화되거나 과장된 그림이 아니라는 것이다.

그러나 《태엽 감는 새 연대기》가 그린 몽골의 살육 장면과 중국 신징의 동물원 습격 장면은 지금은 그 그림 같은 성격으로 인해 오히려 '기억된' 역사의 '생생한' 현실성으로 우리에게 다가온다. 그렇게 보는 편이 옳지 않겠는가? 현실이 지닌 현실성은 세월의 경과와 함께 현실적 의미가 삭감된다. 그러면 그 현실성은 픽션을 통하지 않고는 현실적 의미를 회복할 수 없다.

이에 대해 현재 '기억'이 희미해져가고 있는 일본 사회에서 특히 문제이지 다른 나라는 해당하지 않는다는 말을 할지도 모르겠지만, 다른 나라 또한 언제까지 그 상태가 유지된다고 할 수 없다. 머지않아 이런 간접적인 방법을 구사하지 않고는 역사의 현실성에 다가갈 수 없는 시대가 한국에도 중국에도 도래할 것이기 때문이다.

지금 우리는 이 같은 방법, 즉 기억과 전승과 스토리와 상상을 회로로 하는 방법이 아니면 '생생하게' 과거의 역사적 사실과 마주할 수 없게 되었다. 그렇게 얻을 수 있는 선구적인 '역사'의 예가 이 작품의 폭력과 죽음과 섹스의 혼용 속에 제시되어 있는 것이다. 그리고 그 혼용은 개체와 모럴과 윤리가 해체되어 융합된 가운데 카오스를 이룬 것이다.

나는 꽤 오래도록 무라카미의 작품을 읽어왔다. 그러나 집필 직후에 한 무라카미의 이런 발언을 요즘에야 겨우 정확하게 이해할 수 있게 된 것 같다.

내 느낌에, 아주 오만하게 들릴지도 모르겠지만,《태엽 감는 새 연대기》라는 소설이 정말 이해되려면 아직 시간이 좀 더 걸려야 하지 않을까 합니다.

소설에도 곧바로 받아들여질 수 있는 것과 시간이 걸리는 것이 있죠. (중략)《태엽 감는 새 연대기》는 시간이 걸리는 유형의 소설이라고 생각합니다.

《무라카미 하루키, 가와이 하야오를 만나러 가다》

열쇠는 폭력과 죽음과 섹스에 있다. 이 세 가지를 피하는 것이 아니라, 그 안에 들어가 통과해서 어떻게 '전쟁의 기억'에 도달하고 '반전反戰과 비전非戰의 의지'로 빠져나올 수 있을 것인가? 지금 나는 《태엽 감는 새 연대기》가 일본인들의 전후 '저승 순례'의 선구적 예라고 생각한다.

5 — 시대와의 알력

그 사건들은 무엇보다 무라카미의 무의
식을 아프게 가격했다. 그는 지금까지 별
자각 없이 내던졌던 디태치먼트의 자세와
사고가 지닌 '얄팍함'에 재삼 의문을 품
게 되었다.

1995년의 태도 변화

낭독회와 개작

1995년 《태엽 감는 새 연대기》의 첫 두 권을 발표한 무라카미
는 일본으로 돌아왔다. 그해 1월과 3월에 발생한 사건 — 한신
아와지 대지진과 옴 진리교에 의한 지하철 사린 사건 — 이 그
에게 큰 충격을 준 것은 우선 앞에서도 언급했듯이 《태엽 감는
새 연대기》를 통해 그가 사회적인 사건에 감응하는 새로운 소
설적 경지에 도달했기 때문이다.

그 사건들은 무엇보다 그의 무의식을 아프게 가격했다. 그리
고 그는 지금까지 별 자각 없이 내던졌던 디태치먼트의 자세와
사고가 지닌 '얄팍함'에 재삼 의문을 품게 되었다. 그 후 무라

카미는 곧바로 귀국을 결심하고 일본으로 돌아왔다. 그 심경의 변화는 귀국 후에 이루어진 가와이 하야오와의 대화에서 "나 자신의 사회적 책임감 같은 것을 좀 더 생각해보고 싶어졌다" 라는 형태로 나타난다.

그러나 그런 심경의 변화가 그에게 어떤 반성을 촉구했는지, 어느 정도로 심도 깊은 것이었는지는 그의 언명과 행동 이상으로 그의 작품을 읽으면 더 잘 알 수 있다.

무라카미는 1995년 7월 귀국하자 바로 한신 아와지 대지진의 피해 지역이며 자신의 고향인 효고 현 아시야 시와 고베 시에서 지진 구호 자선 낭독회를 가졌다. 이에 앞서 그는 1983년에 쓴 〈장님버드나무와 잠자는 여자〉를 손질했고, 낭독회에서 그 개작한 작품을 낭독했다. 그런데 이 오리지널 판과 개정판을 비교해보면 태도 변화의 심도를 족히 알 수 있다.

장님버드나무와 잠자는 여자

전기에 속하는 오리지널 판 〈장님버드나무와 잠자는 여자〉는 세 번째 단편집 《반딧불·광을 태우다·그 밖의 단편》에 수록된 다음과 같은 내용의 단편이다.

스물다섯 살의 '나'는 도쿄에 있는 대학에 진학하고 졸업해 취직하지만 '너무 진력나는 일들이 잇달아 생겨' 회사를 그만두고 3년 만에 고향에 내려온다. 그는 아무것도 할 의욕이 없어 도쿄로 돌아가는 날을 하루하루 미루면서 집에서 무위한 나날을 보내고 있다. 그러던 어느 날, 숙모의 부탁으로 귓병을 앓고 있는 열네 살짜리 사촌 동생을 병원에 데려간다.

사촌 동생이 진찰을 받는 동안 병원 식당에서 시간을 보내고 있는데 8년 전 기억이 되살아난다. 고등학생 시절 친구와 함께 친구의 여자 친구를 면회하기 위해 같은 병원을 찾은 일이 있었던 것이다. 여름의 무더운 오후, 둘은 오토바이를 같이 타고 해변에 있는 병원으로 향한다. 병원이 머지않았는데 해변의 나무 그늘에 드러누워 한숨 쉬면서 둘은 이야기한다.

그는 도중에 과자 가게에 들러 초콜릿을 샀다.

(중략) 우리는 그 해변에서 15분 정도 쉬면서 담배를 피우고 이야기를 나누었다. 그러니까 초콜릿은 아마 흐물흐물하게 녹지 않았을까 생각한다. 하지만 그때는 초콜릿 따위는 조금도 안중에 없었다.

오리지널 판 〈장님버드나무와 잠자는 여자〉

면회를 간 셋이 식당에서 차를 마실 때, 친구의 여자 친구는 여름방학 숙제인 시를 쓰고 있었다. 그녀가 시 이야기를 한다. 장님버드나무와 잠자는 여자에 관한 시였다. 장님버드나무가 빙 둘러 있는 언덕 위에 한 여자가 잠자고 있다. 땅속 깊이 뿌리 내린 장님버드나무는 한없이 뿌리를 뻗어간다. "장님버드나무

꽃가루가 묻은 조그만 파리가 귀로 날아들어가 그녀를 잠들게 한다." 그녀는 테이블에 종이 냅킨을 펼쳐놓고 거기에다 간단한 그림을 그리면서 자신이 지금 쓰고 있는 긴 시에 대해 설명한다.

장님버드나무는 아주 작지만 뿌리는 상상도 못 할 만큼 깊다. 그리고 어느 나이가 되면 더는 위로 뻗지 않고 아래로 아래로만 뻗어간다. 그것은 어둠을 양분으로 자란다. 꽃가루 묻은 파리가 귀로 여자 몸에 파고들어가 고기를 먹는다. 그 여자를 구하기 위해 지금 한 젊은이가 언덕을 올라오고 있다. 들으면서 '나'는 시에 등장하는 여자의 '귀' 속에 장님버드나무가 뿌리를 내리고 거기에 엄청난 수의 파리가 꼬여드는 그림을 상상한다.

그때 사촌 동생이 진찰을 받고 돌아온다. 사촌 동생은 8년 전에 공에 귀를 맞았다. 그 후 오른쪽 귀만 어째 영 상태가 좋지 않다. 여러 병원을 다녀봤는데 이번 진찰 결과도 별로 좋지 않다. 아무래도 신경증 같은 것이라는데, 오른쪽 귀의 침묵이 왼쪽 귀의 소리를 짓뭉개버리는 듯하다. '나'는 긴 시에 등장하는 장님버드나무의 이미지와 함께 사촌 동생의 귀 속에 둥지를 틀고 있을지도 모를 무수하고 자잘한 파리들을 떠올린다. 소설은 둘이 병원 앞에 선 버스의 문이 열리기를 기다리는 장면으로 끝난다.

오리지널 판과 개정판 비교

이 오리지널 판에서 그린 것은 하나의 '상실'이다. 현실과의 접점은 주인공인 '나'를 뒤덮고 있는 상실감이라고 해도 무방하다. 그는 상실감을 껴안고 울적하게 지내고 있다. 그 때문에 도쿄에서 잠시 고향으로 내려왔지만 마음을 추스르지 못하고 집에서 잡초나 뜯으며 도쿄로 돌아가는 날을 하루하루 미루면서 무위하게 산다. 그 상실이 무엇인지는 작품 속에 나타나지 않는다. 그러나 그것은 마침내 나이 어린 사촌 동생의 '귀' 질환과 겹쳐지고, 더 거슬러 올라가 8년 전에 본 친구의 여자 친구가 쓴 '시', 그 시가 희미하게 암시하는 그녀의 병과 다시 겹쳐지면서 이 단편의 상실감을 구성해간다. 고등학교 시절의 친구는 이미 죽었다는 점, 그와 그의 여자 친구를 면회 갔던 때가 8년 전이고 사촌 동생이 귀를 다친 것도 8년 전이라는 점, 그녀의 병과 사촌 동생의 아픈 귀가 '귀에 둥지를 튼 파리' 이미지로 이어지는 점 등이 이런 해석을 뒷받침하는 요소들이다.

그런데 개정판에서는 이 상실이 '과실'로 변모한다. 그리고 그 변모에 따라 나이 어린 사촌 동생의 의미도 180도 역전된다. 손질된 부분을 말하자면 우선 오리지널 판에서는 3년 만에 돌아온 고향이 5년 만으로 바뀐다. 고향에 온 계기는 회사를 그만둔 것 외에 '대학 시절부터 사귀어온 여자와의 헤어짐'이 더해진다.

그는 왜 상실감을 안고 고향으로 내려와 무위한 나날을 보내고 있는가? 오리지널 판에는 그 이유에 대한 언급이 없었다. 그런데 작가는 여자 친구와의 헤어짐을 새롭게 첨가한 것이다.

읽다 보면, 사소하다고 할 수 있는 이런 변화가 실은 큰 의미를 갖고 있다는 것을 알 수 있다. 이 개정판이 잡지에 실릴 때 작가는 "작가로부터"라는 글을 함께 실었다. 그리고 이 작품의 오리지널 판이 같은 시기에 쓴 〈반딧불〉과 함께 "훗날 《노르웨이의 숲》이라는 장편 소설로 결실을 맺는 계통"의 작품이라고 굳이 설명했다. 다만 〈반딧불〉의 경우와 달리 두 작품과 《노르웨이의 숲》은 스토리상 직접적인 관련성이 없다. 그러나 이는 반대로 말하면 간접적인 관련성은 있다는 지적이 된다.

두 작품과 《노르웨이의 숲》의 관련성이 드러나는 부분은 이렇다. 《노르웨이의 숲》의 주인공 와타나베는 자살한 고등학교 친구 기즈키의 연인 나오코와 도쿄에서 우연히 재회해 사귀는 사이가 되지만, 나오코는 결국 마음의 병을 앓아 교토 산중의 요양 시설 아미료에 들어간다. 몇 개월 후 아미료를 찾은 '나'는 나오코를 기다리면서 문득 고등학교 시절의 자신들, 기즈키와 나오코와 지냈던 일들을 떠올린다.

문득 기즈키와 둘이 오토바이를 타고 멀리 떠났던 일이 떠올랐다. (중략) 몇 년 전 가을이었더라? 4년 전이다. 나는 기즈키의 가죽점퍼

냄새와 유난히 시끄러웠던 야마하 125cc짜리 빨간 오토바이를 떠올렸다. 우리는 아주 먼 해안까지 갔다가 저녁때가 되어서야 지칠 대로 지쳐서 돌아왔다. 무슨 특별한 일이 있었던 것도 아닌데 나는 그날의 일을 선명하게 기억하고 있었다.

《노르웨이의 숲》

그는 돌아온 나오코에게 말한다.

　"아까 둘이 있을 때 갑자기 옛날 일들이 여러 가지 떠올랐어." 나는 말했다.

　"옛날에 기즈키랑 둘이 너를 면회하러 갔던 거, 기억해? 해변에 있는 병원이었는데. 고등학교 2학년 때 여름이었지, 아마."

　"가슴수술 했을 때 말이지?" 나오코는 방긋 웃으며 말했다. "그럼 기억하지. 너랑 기즈키가 오토바이 타고 왔잖아. 흐물흐물하게 녹은 초콜릿을 들고. 그거 먹느라고 혼났어. 그런데 왠지 아주 먼 옛이야기 같은 기분이 드네."

　"그러게. 그때 너는 긴 시를 쓰고 있었지."

　"그 나이 또래 여자아이들은 다 시를 써." 후훗 웃으면서 나오코는 말했다.

《노르웨이의 숲》

즉《노르웨이의 숲》과 직접적인 관련성은 없지만 간접적인 관련성은 있는 이 두 작품을 겹쳐보면, 〈장님버드나무와 잠자는 여자〉의 오리지널 판에서 긴 시를 썼던 여자아이는 나오코에 해당하고 친구는 기즈키에 해당한다. 한편 개정판에서 고향으로 내려온 계기로 추가된 '대학 시절부터 사귀던 여자'도 당연히 나오코와 대응한다. 이렇게 해서 개정판에서 장님버드나무 시를 썼던 여자는 그 후 도쿄에서 '나'를 다시 만나 사귀게 되지만 마음의 병을 앓아 헤어지고 '나'는 그 때문에 고향으로 내려오는 일련의 배경이 연결된다.

더 분명히 말하면 그런 관계를 부각시키기 위해 작가는 '헤어짐'이라는 일화를 보태고, "작가로부터"라는 부언까지 덧붙였다고 생각할 수 있다. 즉 새롭게 부가된 '헤어짐'이라는 요소와 작가가 언급한《노르웨이의 숲》과의 간접적인 관련성은 유도 점수로 하면 '절반'이 두 번이다. 그래서 전체적으로 새롭게 쓴 개정판은 주인공이 그 후 도쿄에서 장님버드나무 시를 쓴 여자와 재회해 사랑에 빠지지만 결국 '헤어져' 깊은 상실감을 안고 고향으로 내려온다는 의외의 내용으로 변하게 된 것이다.

초콜릿이 의미하는 것

《노르웨이의 숲》은 이 헤어짐의 배경에 그녀의 '마음의 병'이 있을 가능성을 우리에게 시사한다. 그리고 개정판에서 손질된 부분이 그 추측을 뒷받침한다. 예를 들어 개정판에서는 사촌 동생의 귓병이 8년 전에 시작되었다는 기술이 삭제된다. 따라서 사촌 동생의 귓병과 여자 친구의 마음의 병 사이의 관련성은 사라진다. 8년 전의 병이란 여자 친구의 마음의 병을 뜻하게 되는 것이다. '나'는 이를 직시하는 형태로 8년 전의 자기 모습과 마주하고 심하게 후회한다. 왜 그때 이미 손상되기 시작한 그녀의 마음을 알아차리지 못했을까? 그 긴 시가 그녀의 SOS 신호였을 텐데, 자신(들)은 눈치채지 못했다. 자신밖에 생각하지 않았기 때문이다······.

이런 변화로 개정판에서는 오리지널 판의 초콜릿이 클로즈업된다. 8년 전 그들은 초콜릿을 사 들고 면회를 갔다. 그런데 도중에 오토바이에서 내려 해변의 나무 그늘에서 한참이나 대화를 나누었다. 병실에서 포장을 뜯자 초콜릿은 흐물흐물하게 녹아 있었다. 《노르웨이의 숲》에서는 '그걸 먹느라 혼났다'고 가볍게 처리되는 이 일화가 개정판에서는 큰 의미를 지니고 '나'를 깊은 회한에 젖게 한다. 어떤 의미에서는 과도할 정도로.

'나'는 작품의 마지막에서 사촌 동생과 함께 버스를 기다리며 초콜릿을 떠올린다. 그때 둘은 모래사장에 누워 많은 이야기를 나누었다. 그러는 동안 그들은 초콜릿을 8월의 뜨거운 햇살 아래 그냥 내버려두었다. 그리고 그것은 그들의 부주의함과 오만함 탓에 손상되어, 형태를 잃고, 상실되었다.

우리는 그 상실된 초콜릿을 보면서 무언가를 느꼈어야 했다. 누구든 상관없다. 누구든 다소나마 의미 있는 말을 했어야 했다.

개정판 〈장님버드나무와 잠자는 여자〉

고작 초콜릿이 아닌가 하고 말해서는 안 된다. 작가가 이 과도한 표현을 통해 독자에게 눈짓하고 있기 때문이다. 부주의함 탓에 상자 속에서 '손상되어, 형태를 잃고, 상실된' 초콜릿이 이제는 부주의함 탓에 간과되고 심각해진 그녀의 '마음의 병'에 대한 환유라고 말이다. 만약 그때 그녀의 SOS 신호를 알아차렸다면 5년 후 그녀의 마음이 손상되어 사회생활이 불가능해지고 두 사람이 헤어져야 하는 사태는 없었을 것이다. 그녀가 본의 아니게 한때 사회로부터 도망가는 일도 없었을 것이다. 그러니 당시 그들은 '무언가를 느꼈어야 했던' 것이다.

약한 사람에게 받는 위로

버스가 온다. 그러나 벤치에 앉은 채 회한에 잠긴 '나'는 버스가 오는 걸 알면서도 일어서지 못한다. 그러자 뜻밖의 일이 생긴다.

사촌 동생이 내 오른팔을 꼭 잡았다.
"괜찮아?" 하고 사촌 동생이 물었다.

나는 의식을 현실로 돌이키고 벤치에서 일어섰다. 이번에는 제대로 일어설 수 있었다.

개정판 〈장님버드나무와 잠자는 여자〉

오리지널 판에서는 단순히 주인공이 느끼는 상실감의 파생적인 대체물에 지나지 않았던 사촌 동생이 개정판에서는 성격이 역전되어 타자로 '나' 앞에 홀연히 나타나 손을 내민다. 이전까지는 지원해야 하는 상대였다. 그러나 이제 그 상대에게 도움을 받고 있다.

무라카미는 이 개정판에 대해 "한 번에 통독하기에는 좀 길다", "지금이라면 이렇게 쓰지 않을 것 같은 부분이 몇 군데 있어서 이 기회에 짧게 고쳐 쓰기로 했다"라고 언급했다(《무라카미 하루키 전 작품 1990~2000 ③》). "지금이라면 이렇게 쓰지 않을 것"이라는 말의 의미는 크다. 과거에는 자신의 상실감을 나이 어린 사촌 동생의 귓병과 간단한 가슴수술로 입원한 친구의 여자 친구의 '긴 시'에 담았지만, 이제는 그렇게 그리지 않겠다는 것이다. 이는 지금이라면 상실감의 원천을 특정하고, 그것이 어떤 타자와의 관계에서 생겨났는지를 밝히고, 그 상실을 과실로 드러낼 것이라는 토로다. 그뿐이 아니다. 주인공은 귀향해서야 비로소 그것을 깨닫는다. 그가 심한 회한으로 벤치에서 일어서지 못하고 있는데, 지금껏 약한 존재라고만 여기고 감싸온 나이 어린 상대가 구원의 손길을 내민다. 무라카미는 지금이라면 이 스토리를 이렇게 그릴 것이라고 생각한 것이다.

이 개작은 자신의 심경 변화를 고향, 피해 지역의 주민들에게 말하고 있는 것이기도 하다. 지금 당신들은 곤경에 처해 있지만, 그런 여러분들이 오히려 나에게 구원의 손길을 뻗어주어 사회에 커미트먼트할 수 있도록 인도했고, 그래서 나는 지금 감사의 말을 해야 할 사람으로 이곳에 있다. 이것이 무라카미 하루키가 피해 지역 사람들에게 보내는 메시지의 총체인 동시에 독자들을 향해 그의 태도 변화를 공언한 매니페스토이기도 하다.

과거에 그는 소극적인 태도로 디태치먼트하다고 비판을 받았지만, 지금 그것을 ─ 아는 독자는 알 수 있는 방법으로 ─ 반성하고 있다. 그리고 약한 사람은 약한 타자에게야말로 도움을 얻을 수 있으며, 그런 상황이 지니는 새로운 가능성에 주목하고 있는 것이다.

후기의 관계성으로

또 한 가지 덧붙이자면, 이 개정판에 나오는 스물다섯 살의 '나'와 열네 살짜리 사촌 동생이라는 관계 설정은 주인공과 나이 어린 인물의 관계가 무라카미의 소설에 처음으로 도입된 것이다.

이런 관계는 지하철 사린 사건을 다룬 다음 작품《언더그라운드》(1997년),《약속된 장소에서》(1998년)를 거쳐 그다음 장편《스푸트니크의 연인》(1997년)에 이르면 초등학교 선생인 '나'와 도둑질을 하는 학생 '홍당무'의 관계를 통해 보다 확실하게 나타난다.

《스푸트니크의 연인》에서 '나'는 연인 스미레를 잃는다. 연인은 그리스에서 모습을 감추고 '나'는 현지로 찾아가지만 찾지 못한다. '나'는 자기 자신을 잃어버릴 듯한 상태에 빠지지만, 자신의 학생인 홍당무의 고통을 알고 선생으로서 그 고통과 마주하는 과정을 통해 자기 상실에서 재기한다. '나'는 〈장님버드나무와 잠자는 여자〉에서와 마찬가지로 연인 스미레(꽃)를 잃지만 어린아이 홍당무(뿌리)의 도움을 받는 것이다.

무라카미 하루키,
무장 해제되다

새로운 도전

1997년, 옴 진리교의 지하철 사린 사건으로부터 꼭 2년이 지
난 시기, 무라카미가 사건 피해자들의 이야기를 듣고 쓴 《언더
그라운드》를 세상에 내놓았을 때 많은 사람들이 놀랐다. 옴 진
리교는 아사하라 쇼코를 교조로 하는 불교계 신흥 컬트 집단
이다. 1990년대에 들어 지지자들이 모여들고 그 규모가 마침
내 무시할 수 없을 만큼 커졌지만 끝내는 고립되어 1995년 3
월, 지하철에 맹독 가스를 살포하는 대량학살 테러 사건을 일
으켰다. 지하철 사린 사건이다.

특히 이 사건은 사십 대를 포함한 고학력 엘리트층을 낀 컬

트 종교 집단이 벌인 사건이어서 지금까지 볼 수 없었던 양상으로 사회의 주목을 모았다. 전후 손에 꼽히는 이 대사건을 두고 다른 누구도 아닌 동시대에 가장 역량 있는 픽션 작가로 손꼽히는 무라카미 하루키가 논픽션을 썼으니, 이 작품이 아무런 예고 없이 불쑥 출현했을 때 매스컴과 독자들은 물론 온 세상이 놀랐던 것이다.

그중에서도 영역을 침범당한 꼴이 된 논픽션 작가들의 반발이 상당했다. 그들은 이런 것은 논픽션이 아니라고 비판했다. 무라카미가 글에 채용한 방법은 논픽션과는 상이한 것이었기 때문이다.

무라카미는 논픽션의 기존 방식을 무장 해제하려는 나름의 심경으로 이 개인적인 프로젝트를 행했다. 피해자와의 대화는 '취재'가 아니라 '면담'이라 불렀다. 하지만 그 시도는 반대로 그를 무장 해제하는 것으로 끝난다. 그리고 이후 무라카미에게 커다란 전환점이 된다.

일반인들과의 직접적인 접촉

나는 무라카미가 행한 일을 과거에 고바야시 히데오가 도스토옙스키에 대해 쓴 글과 비교한 적이 있다. 도스토옙스키는 《가난한 사람들》로 데뷔해 모스크바 문단의 총아가 된 후 몰락, 사회주의자 집단에 접근해서 페트라솁스키 사건이라 불리는 반체제적 모의 사건에 연루되어 4년간 시베리아에 유배되었다. 그때 보고 들은 일은《죽음의 집의 기록》에 자세하게 묘사되어 있는데, 고바야시는 도스토옙스키가 훗날 이 체험을 언급한 글을 거론했다. 우선《작가의 일기》를 보자.

도스토옙스키는 당시를 돌아보며 이렇게 기록했다. "유배형에 처해졌지만, 그 후 공포 때문에 과거의 신념을 버린 것이 아니다. 젊은 시절의 체포와 처형의 공포는 오히려 우리를 정화하는 순교적인 것으로 느껴졌다. 그리고 그 심경은 영원히 계속되었다. 때문에 유배의 고통을 몇 년간이나 겪어야 했지만 우리의 의지는 무너지지 않았던 것이다. 그러나 어떤 다른 것이 우리의 견해, 우리의 신념, 우리의 심경을 한꺼번에 변화시켰다."

1873년《작가의 일기》에서 그는 시베리아 생활을 이렇게 회상하고 있다. "(중략) 어떤 다른 것이란 민중과의 직접적인 접촉이었다. 민중과 형제처럼 불행을 나누고, 자신이 민중과 동등한 사람이 되었으며, 민중의 가장 밑바닥까지 하강했다는 식의 생각이었다."

고바야시 히데오,《도스토옙스키의 생활》

물론 그 심도에 있어서 19세기 러시아에서 도스토옙스키의 ― 유배를 통한 ― 민중과의 직접적인 접촉(나로드라 불렸다)

과 무라카미의 — 듣고 쓰기를 통한 — 현대 '일반인'과의 직접적인 접촉을 등가로 비교할 수는 없다. 물론 그 정도는 나도 잘 알고 있다. 하지만 그것이 도스토옙스키에게 그전까지 자신을 지배했던 사상과 관념을 타파하고 앞으로 나아가는 계기가 되었다는 점에서 그 심도를 비교해볼 수 있지 않을까 생각한다. 그 정도로 큰 일이 무장 해제라는 형태로 일어난 것이다. 그리고 이는 무라카미의 이후 후기 작품에 종래에 없던 넓은 지평, 소설의 새로운 전개를 선사해주었다.

기억과 팩트

《언더그라운드》는 지하철 사린 사건의 피해자와 그 유족 61명을 '면담'한 내용을 정리한 글이다. 실제 인터뷰 대상자의 섭외 등에는 어시스턴트 두 명이 협력했지만, 편집과 집필은 전적으로 무라카미 혼자 기획하고 실행했다. 무라카미는 이어 유사한 방식으로 이번에는 가해자 쪽인 옴 진리교의 과거 신자 8명에 대해서도 인터뷰를 시도했다. 그리고 그 내용은 이듬해에 《약속된 장소에서》로 출간되었다.

무라카미는 《언더그라운드》의 첫머리에는 〈처음에〉, 말미에는 〈이정표 없는 악몽〉이라는 에세이를 실었다. 속편 《약속된 장소에서》에도 서문과 후기, 그리고 가와이 하야오와의 대화 두 편을 실었다. 논픽션 작가들이 반발한 이유는 그 글에서 무라카미가 논픽션 작품의 기본이라 할 수 있는 '사실'에 대한 검증을 하지 않았을뿐더러, 검증을 하지 않은 것이 자신의 방법론이라고 명시했기 때문이다. 무라카미는 이렇게 말했다. "여기 실은 내용은 어디까지나 사건 발생 9개월에서 1년 9개월 후까지 피해자들이 지닌 '기억'이다. 어느 정신과 의사도 말했듯이 극단적으로 말하면 우리는 체험의 기억을 많든 적든 스토리화한다."

내가 '들은 이야기'의 사실성은 어쩌면 정밀한 의미의 사실성과는 다를지도 모른다. 그러나 그렇다고 그것이 '거짓'이라는 것과 같은 뜻은 아니다. '다른 형태'를 취한, 또 하나의 틀림없는 진실이다. 이는 어디까지나 사람들이 자발적으로 한 이야기이며 재판을 위한 증언이 아니다. 그러니 나는 원칙적으로 하나하나의 증언 속에서 이야기되는 사실의 검증은 하지 않았다.

〈이정표 없는 악몽〉, 《언더그라운드》

이에 대해 "무라카미는 논픽션이라는 것을 거의 모르고 있다", "검증이 없는 논픽션이라니 언어도단이 아닌가", "알코올 없는 술 같은 것"이라는 통렬한 비판의 화살이 쏟아졌다. 이런 비판은 논픽션이 허구(픽션)가 섞이지 않은 사실(팩트)의 탐구이며 그 탐구가 가능하다는 확신하에 성립한 것이고, 그 확신이 권리를 갖는 한 정당하다고 할 수 있다.

그러나 잘 생각해보면, 이런 확신의 성립 근거 또한 사실이 아니라 하나의 보편적 이해에 지나지 않는다는 것을 알 수 있다. 어느 논픽션이 밝힌 사실이 다른 논픽션에 의해 뒤집히는 일이 흔히 있기 때문이다. 그럴 때마다 사실은 갱신된다. 엄밀하게 말해서 사실이란 사실로서 일시적이나마 모두에게 이해될 수 있을 만한 타당성을 지닌, 그 자체가 하나의 논픽션이다.

이 사실은 현대 철학 사상의 지식적 지평에서는 누구나 깨닫게 되는 기본 사항이다. 이런 견지에서 보면 사실의 사실성을 자연과학에 대한 소박한 신뢰만큼이나 믿어 의심하지 않는 논픽션 세계 쪽이 오히려 하나의 의제, 즉 픽션 속에 파묻힌 '근대적 잔류'의 세계라 할 수도 있다. 만약 이런 유의 논픽션을 우리가 어딘가 모르게 수상쩍은 사실의 불가침성을 외치는 마초적인 언급이라고 느낀다면, 그 근거는 근대성에 있을 것이다.

무라카미의 시도는 논픽션 세계의 '근대적 잔류' 또는 '의제'에 철학 사상이 아니라 현대의 정신분석과 심리요법의 지적인 달성 쪽에서, 그리고 '쓴다'는 행위의 순수성 쪽에서 소소하게 문제를 제기하는 것이기도 했다. 그러나 그 제언은 불행하게도 상대에게 먹혀들지 않았다. 논픽션 작가들 중에는 이에 화답하려는 이가 끝내 나타나지 않았다.

보통 사람이 되어 보통 사람과 만나다

무라카미는 임상심리학자인 가와이 하야오와의 대화에서 자신이 취한 방법을 논픽션 작가의 취재나 학자의 조사가 아니라 '테라피스트의 면담'과 비교할 수 있을 것이라고 말했다. 가와이 역시 그 같은 이해를 타당하게 보고 다음과 같은 예를 들었다.

심리요법에서는 내담자와의 대화에서 처음부터 사실을 듣는 일에 신중을 기한다. 예를 들어 내담자가 아버지 때문에 고민하고 있다고 하면 내담자의 아버지에 대해서 궁금해져도 꾹 참고 묻지 않는다. 그것은 물을 필요가 없는 것이며 오히려 내담자가 아버지에 대해 털어놓지 않는 증상 쪽에 그 사람의 진실이 있다고 보는 것이 심리요법의 면담 방식이기 때문이다.

무라카미가 채용한 논픽션의 방법은 사실이 존재한다고 가정한 지금까지의 근대적 논픽션 쪽에서 보면 신경에 거슬리는 것이다. 하지만 반대로 무라카미의 장소에서 보면, 비판자들이 주장하는 검증 방식을 충족한 논픽션은 선악(진위)이원론, 또는 주체와 객체 구조에서 벗어나지 못한 마초적인 것으로 보이게 된다. 따라서 취재하는 사람과 취재를 당하는 사람의 관계는 완전히 비대상적인(주체와 객체의) 권력 구조 속에 있다. 사실의 탐구란 원래 이 같은 구조 없이는 가능하지 않은 하나의 허구인 것이다. 이에 반해 무라카미는 그 구조를 이른바 해체해서 묻는 자와 이야기하는 자의 관계를 무장 해제하려고 한 것이다.

그러자 무라카미의 내면에서 하나의 내적 변화가 일어났다. 그는 개인을 매몰시키는 일본 사회, 공동체 특유의 담합적인 분위기를 아주 싫어했다. 그래서 그런 것들로부터 어떻게든 도망치려고 해왔다. 그 상징이라 할 수 있는 것이 회사원이며 회사원 집단이었다(이런 집단에 대한 증오심은 예외적인 그의 흑색 단편 〈침묵〉에 알알이 그려져 있다).

논픽션 작가라는 '주체'와 정보 제공자인 '객체'의 관계가 완화되어 그 구조가 해체되자 양자 사이에 새로운 관계가 형성되었다. 그것은 자격이 분명치 않은 채 상대의 이야기를 귀담아 들으려는 인터뷰어(무라카미)와 지금까지 전문적인 취재자에게는 불신감을 갖고 있었지만 이 기묘한 인터뷰어에게는 조금 마음을 열게 된 인터뷰이(피해자들) 사이에 생겨난 애매하지만 새로운 관계였다. 형태가 확실하지 않은 관계 속 양자에게서 신기한 화학반응이 일어났다. 이 대등한 관계 속에서 무라카미 앞에 매력적인 모습을 나타낸 것이 지금까지 견딜 수 없게 싫었던 군상, 집단의 구성원인 회사원 한 명 한 명의 모습이었던 것이다.

무라카미는 그런 그들이 말하는 것을 오직 묻고 기록했다. 반복되는 부분을 삭제하거나 가능한 한 읽기 쉽고 임팩트 있는 읽을거리로 만들려는 논픽션 전문 작가들의 직업적 배려는 전부 배제했다. 장황함이나 반복은 듣는 사람의 사정으로 생겨나는 것이지 말하는 사람으로서는 처음이라는 것을 명심하고 겸허한 마음으로 귀를 기울였다.

그런 초보자적인 방법을 관철하자 전혀 예기치 못한 일이 벌어진 것이다. '그들은 이렇게 말했다'에서 끝나는 것이 아니라, 그들이 하는 이야기 속에 사린 사건의 구체적인 체험담 이상으로 그 배경을 이루는 별것 아닌 부분이 서서히 선명하게 또는 신선하게 무라카미의 귀를 자극했다. 그리고 알게 모르게 공감을 느꼈다. 상대는 말하고 그는 썼다.

아침에 전철을 타면 기타센주까지는 대개 앉아서 갈 수 있습니다. 다음 역인 구키 역에서 JR로 환승하는 사람들이 많이 내리기 때문에 그때 앉을 수 있는 거죠. 집에서는 6시 10분에 나갑니다. 6시 28분 와시미야 역을 출발하는 전철을 타면 대개 8시 10분쯤이면 회사에 도착하죠. (중략) 일어나는 시간은 5시고요, 눈을 뜨는 시간은 4시 반입니다. 23년 동안 변함없이 그렇게 하고 있습니다.

요시아키 미쓰루, 《언더그라운드》

집은 에도가와 구, 역은 니시카사이 역이 제일 가깝습니다. 10년 전, 결혼한 지 4년 만에 거기다 아파트를 샀어요. 지금은 아이가 둘.

첫째는 초등학교 5학년 여자아이, 둘째는 3학년 사내아이입니다. 나는 변두리라고 할까, 그런 쪽을 좋아합니다. (중략) 시내 쪽은 별로 좋아하지 않아요. 시골에서 태어난 몸이다 보니(웃음).

이치바 다카노리, 《언더그라운드》

히비야 선을 이용해서 출퇴근하고 있습니다. 전철이 정말 엄청나게 붐비죠. (중략) 어느 정도 붐비느냐 하면, 전철을 탈 때 한 번은 내 가방이 전철을 타는 사람들에 쏠려 어디로 갔는지 알 수 없었던 적이 있었어요. 잃어버리지 않으려고 끈을 꽉 잡고 있었는데 팔이 떨어져 나갈 것 같아서 그만 손을 놓고 말았죠.

마키타 고이치로, 《언더그라운드》

피해자들이 하는 이야기를 듣고 쓰는 무라카미에게 일본 사회에서 회사원으로 일하는 사람들이 자신과 다름없는 인간이라는 발견이 하나의 계시처럼 찾아왔다.

기본적으로 나는 지금 내 앞에 있는 인터뷰이 한 사람 한 사람을 개인적으로, 감정적으로 좋아하려고 애썼다. (중략) 상대의 시선으로 사건을 보고, 상대의 마음으로 사건을 느끼려고 애썼다. 그것은 생각만큼 어려운 일은 아니었다. (중략) 한 사람 한 사람의 인생에, 한 사람 한 사람의 이야기에 매료되는 나를 거역할 수 없었다. 인간이란, 인생이란, 가만히 들여다보면 각각이 이렇듯 깊은 것일까 하고 새삼스럽게 감동했다. (중략) 이번에 한 일련의 면담은 작가로서나 개인으로서나 처음에 예상한 것 이상으로 의미 깊은 체험이었다고 생각한다.

〈이정표 없는 악몽〉, 《언더그라운드》

우리는 이 피해자들의 군상 속에서 이후에 나오게 되는 연작 단편집 《신의 아이들은 모두 춤춘다》의 주인공들을 줄줄이 볼 수 있다. 예를 들면 아키하바라의 오디오 기기 전문점에서 영업을 담당하고 있으며 아내에게 버림받은 오무라(〈UFO가 구시로에 내리다〉), 가출해서 이바라키 현의 갯마을에 사는 준코와 게스케, 가족을 버리고 온 미야케(〈다리미가 있는 풍경〉), 도쿄안전신용금고 신주쿠 지점 계장의 보좌이고 '음치에 꼬맹이에 포경에 근시'이며 '개구리 군'에게 파트너로 점찍히는 가타기리(〈개구리 군, 도쿄를 구하다〉), 또 《해변의 카프카》의 트럭 운전사 호시노 청년, 《1Q84》 3권에 등장하는 우시카와까지. 그들은 모두 《언더그라운드》를 계기로 무라카미의 소설 세계에 참여하게 된다. 그때까지 무라카미의 소설에서 절대 주요한 역할이 주어지지 않았던 새로운 얼굴들이다.

그러나 이런 신참들의 참여로 무라카미의 세계가 얼마가 풍성해지고 넓어지고 깊어졌는지 모른다. 듣고 쓰는 작업과 일본 회사원들과의 만남이야말로 그 발단이었다.

《신의 아이들은 모두 춤춘다》이후 무라카미는 비로소 1인 칭 소설에서 이탈을 꾀했다. 이 또한 그들과의 만남과 무관하지 않다. 소위 '보통 사람'이 된 그는 이야기하는 사람들 속에서도 '보통 사람'을 발견하게 되었다. 이 발견은 그를 무장 해제함과 동시에 자신과의 관계 또한 보다 유동적이고 자유롭게 했다. 그는 글을 쓰는 사람으로서 전에 없이 완전하게 무장 해제되어 자기 갱신에 이르렀다.

'지대지'라는 자세

이 자세는 《약속된 장소에서》에서도 관철된다. 이 책의 인터뷰이는 옴 진리교의 강직한 전 신도들이다. 무라카미는 이 기획에서 그들의 교리에 꺾이면 어떻게 하나 하는, 묻는 이(조사자, 취재자)라면 누구든 부딪힐 수 있는 문제에 직면했다. 하지만 그의 해답은 '불안정한 위치에 머물 것', '메타 레벨(조감의 시점)에 서지 않을 것'이었다.

그는 신자들이 하는 이야기를 그대로 주워 담으면 종교적 선전 같은 것이 되지 않을까 하는 걱정과 두려움은 있었다고 한다. "나는 종교 전문가도 아니고 사회학자도 아니다. 그쪽 방면에 정통한 것도 아니다. 그러니 신심이 두터운 종교인들과 함께 교의 논쟁이라는 좁은 링에 오르게 되면 이길 승산이 별로 없을지도 모른다."

솔직히 걱정과 두려움이 없었던 것은 아니다. 하지만 '그렇게 되면 그렇게 되는 대로 어쩔 수 없지 않은가'라고 생각했다. 모르는 것이 있으면 그때그때 "그건 잘 모르겠습니다"라고 말하면 될 일이고, '그런 사고방식은 일반적이지 않다'고 생각되면 "이치야 어떻게 되었든 보통 사람은 좀 이해하기 어렵지 않을까요?"라고 솔직하게 말할 수밖에 없겠다고 생각했다. 그리고 실제로 그렇게 했다.

《약속된 장소에서》 서문

흥미로운 것은 이런 자세와 방법을 무라카미가 '지대지地對地의 시점'이라고 불렀다는 점이다. 그는 "내가 여기서 보여주려고 시도한 것은 어디까지나 '지대지' 시점에서 본 그들의 모습이다"라고 말했다. 지대지란 '지대지 미사일'이라고 할 때의 지대지다. 지상의 한 점에서 지상의 한 점으로, 메타 레벨에 서지 않는 것. 역시 여기서도 그는 종교 전문가, 조사자, 취재자 등의 메타 레벨에 반해 인터뷰이와 같은 높이의 지면에 서서 '보통 사람'의 장소에서 의미를 찾아냈다. 그 결과 《언더그라운드》의 경우와 마찬가지로 자신과 전 신도들 또한 동류라는 결과에 도달했다.

그들과 무릎을 맞대고 대화를 나누면서, 소설가가 소설을 쓰는 행위와 그들이 종교를 희구하는 행위 사이에 지울 수 없는 공통점

같은 것이 존재한다는 것을 절감하지 않을 수 없었다.

《약속된 장소에서》 서문

그 내용은 책의 후기에 기술된다. 취재를 하면서, 그들이 사건에 대해서는 반성하지만 자기 인생의 어느 시점에서 현세를 버리고 옴 진리교의 정신적인 이상향을 추구한 행위 자체에 대해서는 실질적으로 반성도 후회도 하지 않는다는 점이 무라카미의 마음에 깊이 새겨졌다고 한다. 이는 앞에서 언급한 도스토옙스키의 《작가의 일기》에 나오는 유배의 기록과도 이어지며, 세상의 일반적인 양식에서 '이탈한' 자들에게 공통되는 초속적인 반응이다.

거기에 진실이 없는 것은 아니다. 지대지 미사일에 빗대어 생각해보면, 그들이 쏘아올린 로켓 쪽에는 황당한 오류가 있었을지도 모르지만, 그 로켓의 발사대, 즉 현실적인 근거에는 지금도 확신을 갖고 있다는 것이다.

현실에서의 '이탈'을 촉구한 발사대의 현실성. 무라카미는 거기에서 자신을 소설로 내모는 것과 공통된, 사람을 어떤 유의 '순수한 가치'로 내모는 현실에 사는 미진함을 포착했다.

옴 진리교 신자들을 인터뷰하면서 그들이 무슨 말을 하는지 충분히 이해할 수 있겠더군요. 정말 잘 알겠더라고요. (이른바 그쪽으로)

'가버리는 걸' 말이죠.

「브루투스」 1999년 6월 1일호

그들은 요가를 통해 그쪽으로 가려 했다. 무라카미는 자신의 경우는 그런 것을 "작품을 낳기 위해 행하고 있다"라고 했다. 우리는 현실을 사는 것에 어떤 유의 '결락'을 느끼고, 그 때문에 어떤 유의 '갈망'에 노출되는 그런 공통점을 갖고 있다고 말이다.

무라카미는 메타 레벨에 서지 않고 취재자와 피취재자의 관계가 아닌 '면담'이라는 방법을 취하고 '지대지'의 자세를 관철했다. 이로써 사린 사건의 피해자들이나 가해자들과 각기 방식은 다르지만 그때까지의 선입견을 타파하고 무장 해제되어 자신과 그들이 동류의 존재라는 새로운 인간 이해의 장소로 들어섰던 것이다.

치졸한 이야기에 대항하기

그리고 새로운 방향성을 지닌 두 가지 이야기 양식이 그에게 선사된다. 아사하라 쇼코가 옴 진리교를 통해 만들어낸 것은 황당무계하고 어떤 의미에서는 치졸하기 그지없는 이야기였다. 소설이 이 같은 쓰레기 혹은 어리석다고 할 수 있는 이야기에 대항하려면 어떻게 해야 할 것인가?

'이쪽'에 있는 우리는 과연 어떤 유효한 이야기를 내밀 수 있을까? 아사하라의 황당무계한 이야기를 방출할 수 있을 만큼의 정당한 힘을 지닌 이야기를, 서브 컬처의 영역에서든 메인 컬처의 영역에서든 우리는 과연 손에 쥐고 있는가?

〈이정표 없는 악몽〉,《언더그라운드》

한 가지 방법은 아사하라 식의 황당무계한 이야기를 방출할 수 있을 만큼의 정당한 힘을 지닌 이야기를 만드는 것이다.

우리가 지금 필요로 하는 것은 새로운 방향에서 온 언어이며, 그 언어들로 이야기되는 전혀 새로운 이야기(이야기를 정화하기 위한 다른 이야기)가 될지도 모르겠다.

〈이정표 없는 악몽〉,《언더그라운드》

그 이야기는 뒤에 쓰인 연작 단편집《신의 아이들은 모두 춤춘다》의 마지막 단편 〈벌꿀 파이〉의 말미에 주인공인 소설가 준페이의 입을 빌려 이렇게 표현된다.

날이 밝아 사방이 환해지자 그 빛 속에서 사랑하는 사람들을 꼭 껴안는, 누군가가 꿈꾸며 애타게 기다리는, 그런 소설.

그러나 그는 옴 진리교 전 신도들과의 면담을 통해서 다른 한 가지, 언뜻 상반되는 것처럼 보이는 다음과 같은 이야기도 발견했다. 무라카미는 이 기획을 진행하던 시기에 가졌던 가와이 하야오와의 대화에서 이렇게 말했다.

나는 이 사건에 관해 역시 '치졸한 것의 힘'을 절감하지 않을 수 없었죠. 거칠게 말하면 그것은 과거에 '청춘'이나 '순애' 또는 '정의' 같은 것이 제 기능을 했던 것과 똑같은 레벨에서 사람들에게 기능했던 것은 아닐까, (중략) 그렇다면 '이것은 치졸하니까 무의미하다'는 식으로 간단히 배제할 수는 없지 않을까 하고 생각하게 되었습니다.

《무라카미 하루키, 가와이 하야오를 만나러 가다》

아사하라가 제시한 이야기는 더없이 치졸하다. 그러나 이야기를 '정화'하는 것만으로는 부족하지 않은가? 아사하라의 이야기가 지닌 힘은 오히려 치졸했기에 존재할 수도 있지 않았을까? 모든 것이 세련된 지금은 청춘이나 순애 또는 정의 같은 것이 시대착오적이고 촌스러운 것으로밖에 받아들여지지 않는다. 하지만 그 세련의 틈을 노리고 치졸한 것이, 그 치졸함으로 '과거에 기능했던 것과 똑같은 레벨에서' 지금 절실하게 사람들의 마음에 작용하는 일이 생긴 것이 아닐까?

이야기에 대한 이 새로운 시각은 연작 단편집 중 〈개구리 군,

도쿄를 구하다〉에서 정의와 악의 흥미로운 전투 이야기로 나타난다. 거대한 개구리 군이 나타나, '음치에 꼬맹이에 포경에 근시'인 가타기리의 도움을 빌어 땅속에 사는 거대한 악의 화신 지렁이 군과 싸워 도쿄를 구하는 이야기다. 이 작품에서 '치졸한 힘' 자체가 치졸한 이야기의 정형을 안쪽에서 무너뜨리며 새로운 이야기의 힘을 만들어낸다. 그 배후에 《언더그라운드》와 《약속된 장소에서》의 무장 해제 경험이 살아 있음은 자명하다. 그리고 약 10년 후, 이 연장선에서 《1Q84》의 정의와 순애의 이야기가 등장한다.

어둠 속으로

1999 —2010

6 — 아버지 또는
   아버지에 준하는 이와의 갈등

후기의 시작은 무라카미에게 큰 의미가 있다. 이때의 변화는 그가 아무런 선입견 없이 이야기 세계에 몸을 던져 자신의 무의식 깊숙이 잠행하는 새로운 쓰기 방식을 얻으며 생겨난 것이기 때문이다.

더 작게, 더 멀리

스푸트니크의 연인

신의 아이들은 모두 춤춘다

홍당무라는 존재

1995년의 한신 아와지 대지진과 지하철 사린 사건 후 1997년 《언더그라운드》, 1998년 《약속된 장소에서》를 거쳐 그다음에 발표된 것이 1999년의 비교적 짧은 장편 소설 《스푸트니크의 연인》이다.

초등학교 선생인 '나'는 연인 스미레가 사라지자 현세에 홀로 남겨진다. 그래서 연인을 찾아 나서지만 도저히 찾을 수가 없다. 일본과 그리스를 무대로 펼쳐지는 스토리. 이 작은 장편은 몇 가지 점에서 앞에서 언급한 듣고 쓰기의 잔향을 남기고 있다. 동시에 다음 변화의 태동을 확연하게 감지케 하는 기묘한 맛을 지닌 소설이 되었다. 그 변화의 한 가지 포인트는 '홍당무'라는 학생의 존재다.

1957년 소련에서 인류 사상 두 번째 인공위성이 발사된다. 거기에는 라이카견이 탑재되어 있었다. 인공위성의 이름은 스푸트니크. 우주의 허공으로 발사되어 지구 주위를 빙빙 돌다 죽어간 이 라이카견은 당시 사람들에게 두려움과 애석한 감정을 불러일으켰다. 우주와 라이카견. 그 절대적인 고독. 1985년에 그 개에 비하면 엄마를 잃고 전전하는 자신의 불행 따위는 아무것도 아니라고 중얼거리는 다부진 소년 이야기가 영화로 그려진다. 라세 할스트롬 감독의 〈개 같은 내 인생〉이다. 그리고 1999년 우주로 날아오른 존재와 지상에 남은 존재의 대화로 이루어진 무라카미 하루키의 소설이 등장한다.

무라카미의 이야기에서는 라이카견처럼 '순수하고 초월적인 것'에 끌려 천공으로 사라져버린 연인, 그리고 지상에 남겨진 초등학교 선생 '나' 앞에, 역시 또 한 마리의 라이카견 같은 한 소년이 나타난다. '나'의 섹스 파트너의 아들이며 학교에서 가르치는 학생이기도 한 홍당무. 도둑질을 거듭하는 그 소년의 작은 고통과 마주하는 일은 '나'를 정체된 어둠으로부터 하나의 희망으로 끌어내주는 뜻지 않은 계기가 된다.

그 배경에 앞에서 말한 두 부류의 인터뷰이인《약속된 장소에서》의 전 신도들과《언더그라운드》의 피해자들의 대비가 있다. 아마 작가가 의식한 일은 아니었을지 모르나 이는 전자의 상징이 '스미레'라는 꽃 이름을 가진 등장인물로, 후자의 상징이 '홍당무'라는 뿌리채소 이름을 가진 등장인물로 각각 형상화된 점에 잘 나타나 있다고 해야 할 것이다.

또 어른인 '나'와 아이인 타자의 관계는 〈장님버드나무와 잠자는 여자〉 개정판에서 재해석된 핵심 부분을 계승하고 있기도 하다. 앞에서 불쑥 타자가 되어 '나' 앞에 나타나 손을 내밀면서 "괜찮아?" 하고 묻던 나이 어린 사촌 동생이 여기서는 홍당무라는 형상으로 성장해 '나' 앞에 나타나고, 이번에는 '나'에게 구원의 손길을 내밀도록 해 오히려 '나'를 구원하는 것이다.

나이 어린 사람과의 관계

흥미롭게도 이 대비는 애당초 작가가 의도한 것은 아닌 듯하다. 이 소설을 출간한 후 한 인터뷰에서 무라카미는 이렇게 말했다.

(미리) 머릿속으로 스토리를 만들지 않는다는 점에서 말하자면, 이 소설 속에서 주인공은 스미레를 찾지 못한 채 그리스에서 도쿄로 돌아오는데, 다음에 어떻게 될지는 나 자신도 전혀 몰랐습니다. 그랬더니 홍당무가 나타났어요. 일종의 구원이었죠.

《매일 아침 나는 꿈을 꾸기 위해 눈을 뜹니다 ― 무라카미 인터뷰집 1997~2009》

섹스 파트너인 학생의 엄마로부터 '나'에게 긴박한 연락이 온다. '나'는 도둑질을 하다 잡힌 홍당무를 인계받기 위해 슈퍼마켓 '보안실'로 간다. 둘은 거기에서 나카무라라는 경비 주임에게 싫은 소리를 한껏 들은 후 풀려나 어느 다리까지 걸어간다. 여기서 '나'는 처음으로 홍당무에게 자기 이야기를 한다. 실은 연인이 실종되었고, 요즘은 줄곧 혼자였다고. 그러자 홍당무가 마음을 연다.

"외톨이가 된다는 건, 비 내리는 저녁에 커다란 강 하구에 서서 콸콸 바다로 흘러드는 물을 한없이 바라볼 때 같은 기분이야. 비 내리는 저녁에, 커다란 강 하구에 서서, 강물이 바다로 흘러가는 걸 본적 있니?"

홍당무는 대답하지 않았다.

"나는 있어." 나는 말했다.

홍당무는 눈을 똑바로 뜨고 내 얼굴을 보고 있었다.

"엄청난 강물이 엄청난 바닷물과 섞이는 광경을 보는 것이 왜 그렇게 쓸쓸한 일인지, 나는 잘 모르겠어. 하지만 정말 그래. 너도 한번 보면 좋을 거야."

《스푸트니크의 연인》

두 사람이 마음을 나눈다. 그러나 그렇게 해서 위로받는 쪽은 오히려 어른인 '나'다. 초기 단편 〈가난한 숙모 이야기〉에 나오는 전철 장면의 잔향이 귀에 울리는 느낌이 드는 것은 나뿐일까?

'보통 사람'의 현실

변화의 또 한 가지 포인트는 역시 《언더그라운드》, 《약속된 장소에서》를 통한 세계의 확장을 거쳐 이제 스푸트니크의 천상성에 반하는 지상성이 생겨났다는 점이다. 그것은 '보통 사람의 현실'이라고 해도 무방하다.

스미레가 사라져 홀로 남은 '나'의 직업은 선생이지만, 이는 무라카미 부모님의 직업(고등학교 선생)이기도 하며 '땅에 뿌리내린' 소박한 직업이다. 지금까지 무라카미 소설의 주인공은 학교를 그만둔 후 번역회사를 차리거나(《1973년의 핀볼》, 《양을 둘러싼 모험》), 프리 라이터(《댄스 댄스 댄스》), 주부(《태엽 감는 새 연대기》)이거나, 재즈 바를 경영했다(《국경의 남쪽, 태양의 서쪽》). 일반 기업에 근무하는 경우라도 전자기기 제조업체 홍보부(《패밀리 어페어》) 등, 전부 기타센주 발 히비야 선의 승객(《언더그라운드》)과 정반대 지점에 있는 비교적 자유로운 업종에 종사하는 사람들이었다. 그런데 일반 직장인이 등장한 것이다.

그러나 이 '보통 사람'의 현실은 지금까지 무라카미의 소설 세계에 익숙하지 않은 또 하나의 지상성의 침입을 뜻한다. 초등학교 선생인 '나'는 섹스 파트너로부터 전화를 받고 슈퍼마켓 보안실로 향한다. 보안실이란 매장과 같은 지상 세계이면서 무대와 무대 뒤(분장실)만큼이나 색감이 다른 곳이다. 스미레를 찾기 위해 그리스에 갔다 막 돌아온 '나'는 그런 보안실에서 "아까부터 거슬렀는데 꽤나 고상하게 탔습니다"라는 경비 주임의 비아냥거림을 들으며 홍당무와 같은 쪽에 서게 된다. 그리고 이 일은 '나'와 홍당무가 마음의 소통을 준비하는 과정이 된다.

이 장면은 그처럼 이질적인 무라카미의 세계(소위 '하루키 월드'라 불리는 것)에 적대자가 본격적으로 참여하는 장으로서 중요한 의미를 지니고 있다. 이때 등장하는 나카무라 주임의 전신은 1988년에 발표된 《댄스 댄스 댄스》의 취조관 형사 분가쿠다. 분가쿠는 하와이에서 까맣게 타서 돌아온 '나'를 보고 "팔자가 참 좋습니다"라고 비아냥거린다.

이 소설에 이르러 또 하나의 세계가 벽 너머에서 보안실이라는 확고한 형상을 띤다. 뒤에서 언급하게 될 테지만 무라카미 세계의 '저편'은 어느 시기부터 죽어서 가는 타계他界(죽은 자들의 세계)와 살아서 가는 이계異界(좀비의 세계)라는 두 라인으로 복선화된다. 그렇다면 《언더그라운드》와 《약속된 장소에서》를 거쳐 '이편' 세계도 '매장'과 '보안실' 또는 '하루키 월드'와 '보통 현실'이라는 식으로 복선화, 중층화를 이루었다고 할 수 있을 것이다.

이 이질적인 침입자의 특징은 헤비 스모커라는 점이다. 분가 쿠와 나카무라 주임 사이에는 《태엽 감는 새 연대기》에서 국회 의원 와타야 노보루의 뒷일을 전문으로 맡고 있는 사설 비서 우시카와가 있다. 치열이 엉망인 그는 한시도 피스를 손에서 놓지 않는 헤비 스모커다. 알다시피 강렬한 인상을 남기는 이 '뒷세계'의 인물은 그 후 성장해서 2010년의 《1Q84》 3권에 동성同姓의 시점 인물로 등장한다. 이렇게 이 작품에서는 초월적인 것에 끌려 사라진 스미레에 대해 지상성을 보이는 홍당무가 또 하나의 대립관계를 형성한다.

무라카미의 행로

생각해보면 무라카미 하루키도 참 멀리까지 왔다. 이쯤에서 지금까지의 과정을 부정성과 그 행로에 초점을 맞춰 후기 시점부터 다시 한 번 돌아보기로 하자.

본래 그를 시대 흐름의 바깥쪽에 두었던 부정성은 개체로서의 그와 사회의 관계 속에서 성립한 것이었다. 그것은 어디까지나 한 사람이 개인으로서 사회 앞에 존재하는 것이었다. 그런 지평에서는 우선 "돈 있는 놈들은 모두 엿이나 먹어라"라는 원초적인 근대의 부정성이 진부해지고, "기분이 좋은 게 뭐가 나쁜데?"라는 새로운 부정성의 소멸에 대한 비애감이 무라카미 소설의 기본 축을 이루었다(《바람의 노래를 들어라》). 그리고 이 시대착오적인 부정성에 보내는 만가라고도 할 수 있는 것이 고립되어 잘 보이지 않는 그의 '전투'를 야기했고, 그 초기 단편들의 기조를 만들었다(초기 단편 3부작).

그 후 부정성은 마침내 이상이나 반역, 연대가 사라진 시대의 상실감 속에서 확산되었지만, 무라카미의 경우에는 그 상실감에, 만능에 대한 미세한 맥심에 따른 저항의 자세를 취했다. 그리고 그 모습이 '스타일리시한 첨단성'으로 세상에 받아들여졌다. 무라카미의 디태치먼트의 시기다(《양을 둘러싼 모험》, 〈오후의 마지막 잔디밭〉).

그러나 《세계의 끝과 하드보일드 원더랜드》에서 내폐성의 극단을 거쳐 그 맥심의 내구성도 끝이 난다. 근대의 '사회 대개인', '가족 대 개인'이라는 도식에 따른 부정성의 행로가 여기서 중단되는 것이다. 맥심은 타자와 교류하지 않는 이상 사장된 화폐처럼 이내 '썩어'가기 때문이다.

그 맥심의 위기를 그린 것이 〈패밀리 어페어〉이며, 또 그 부패를 체현한 것이 《노르웨이의 숲》에서 와타나베의 파트너이자 어떤 의미에서는 무라카미의 분신이기도 한 나가사와였다. 나가사와를 통해 타자와 함께하지 않는 맥심이 어떤 쇠락의 양상을 보이는지 선명하게 그려진다.

《노르웨이의 숲》을 계기로 무라카미의 작품은 외톨이 혹은 개인을 기점으로 하는 문학에서 남녀 한 쌍을 축으로 하는 문학으로 변모한다. 한편에 나가사와의 후신인 고탄다를 배치해 주인공 유미요시와의 연결을 그린 《댄스 댄스 댄스》, 실종된 아내 구미코와의 관련성을 역사적 함의를 동반하는 형태로 그린 《태엽 감는 새 연대기》가 이 뒤를 잇는다. 그리고 1995년 가을 〈장님버드나무와 잠자는 여자〉의 개정판에 이르면 어른과 아이의 관계로 전환된다(표 5 참조).

　그러나 이 흐름을 현시점에서 되짚어보면 이와 병행해서 1988년의 《댄스 댄스 댄스》 즈음부터 또 다른 움직임이 시작된다는 것을 알 수 있다. 나중에 다시 다루겠지만 '저편' 세계의 이원화(타계와 이계), '이편' 세계의 이원화(하루키 월드와 보통 현실)가 태동하는 것이다. 이 움직임으로 두 흐름이 《언더그라운드》, 《약속된 장소에서》를 거쳐 2000년대에 들어 하나가 된다.

1인칭에서 벗어나다

단편집 《신의 아이들은 모두 춤춘다》는 그 합류의 기점이 된다. 이 작품은 《스푸트니크의 연인》과 같은 해인 1999년에 "지진 후에"라는 연작 제목으로 다섯 달 동안 잡지 연재를 거친 후 새로 쓴 단편과 함께 2000년에 출간되었다.

　등장인물은 네 번째 작품과 마지막 작품을 제외한 나머지는 전부 작가 무라카미와는 전혀 다른 '보통 현실' 속의 인물들이다. 무라카미와는 조금도 닮지 않았다. 그렇다면 누구를 닮았는가? 《언더그라운드》의 전철 기타센주 발 히비야 선의 승객들, 도쿄에서 멀리 떨어진 수도권에서 출퇴근하는 회사원들이 떠오른다. 다양한 보통 사람의 이야기 저편에서 천상성과 지상성의 대치와 더불어 아버지와 아들의 사적인 이야기가 암시되는 것이 이 단편집의 특이한 점이다.

《신의 아이들은 모두 춤춘다》에는 지금까지 볼 수 없었던 몇 가지 특색이 있다. 한 가지는 이 작품집에서 처음으로 1인칭 단수의 화자인 '나'에서 이탈했다는 점이다. 무라카미는 그 혹은 그녀라는 3인칭 단수 주인공이 이끌어가는 작품으로 비로소 이행한 것이다.

카프카는 '나'에서 '그'로 이행한 것이 자신을 소설가로 만들었다는 뜻의 말을 한 적이 있다. 이야기라는 것이 원래 자신(나)으로부터 먼 누군가(그)의 이야기인 점을 감안하면, 쉰한 살이라는 나이에 이르러 무라카미가 새로운 소설가로 재탄생했음을 알 수 있다. 오십 대에 접어든 이 시기에 비로소 더 큰 소설가로 성장한 것이다.

'나'에서 '그'로 이행하면서 쓰는 이와 주인공 사이에 '바람이 잘 통하는' 거리가 생겨나, 중기 이후 무라카미 작품에서 거의 사라져가던 경쾌한 유머가 다시 도처에서 되살아났다. 그의 작품에 다시 여유가 생겨나고 거기에서 새로운 움직임이 시작된 것이다.

또 이런 변화와 무관하지 않겠지만 이 단편집은 지금까지 없었던 커다란 틀 안에서 쓰인 연작 단편으로 구성된다. 그 틀이란, 1995년 2월을 전후해서, 즉 1월 7일 한신 아와지 대지진과 3월 20일 지하철 사린 사건이 있었던 두 달 동안에 일본 각지에서 일어난 다양한 사건이라는 설정이다. 한신 아와지 대지진이 발생하자 어떤 의미에서는 이에 자극을 받은 것처럼 두달 후 옴 진리교에 의한 지하철 사린 사건이 터졌다. 이 시기에 생긴 다양한 사건을 그는 미시적이면서도 거시적으로—올곧으면서 동시에 치졸한 힘을 구사해서—자유롭게 그렸다.

신의 아이들은 모두 춤춘다

연작은 여섯 편으로 이루어진다.

첫 번째 단편 〈UFO가 구시로에 내리다〉는 아키하바라의 오디오 기기 전문 매장에서 판매사원으로 일하는 오무라의 이야기다. 고베에서 지진이 발생한다. 그러자 그날부터 아내가 마치 홀리기라도 한 것처럼 TV 앞을 떠나지 않는다. 그리고 닷새 후, 집에 돌아와 보니 아내가 사라지고 없다. 흔히 일어날 수 없는 비일상적인 사건이 남편 오무라의 보잘것없음을 아내에게 깨우친 것이다. 방에는 "내게 아무것도 주지 않는 당신과 이혼하고 싶다"라는 간단한 메모가 남아 있고, 그는 지진 후의 이 세계에 남겨진다. 그 후 그는 우연히 동료에게 홋카이도에 상자를 배달해달라는 부탁을 받는다. 또 현지에 가서는 신흥 종교 신도인 한 여자에게 기묘한 가입 권유를 받는다. 옴 진리교 사건과 관련한 두 작품 《언더그라운드》와 《약속된 장소에서》의 대조가 여기서 '이 세상 것이 아닌' 힘에 대한 '보통 사람'의 보잘것없는 저항이라는 새로운 관계를 만들어내려 한다.

두 번째 단편 〈다리미가 있는 풍경〉에서는 사십 대의 미야케가 냉장고에 갇히는 악몽에 시달리다 못해 가족을 고베에 남겨둔 채 혼자 이바라키 현의 바닷가 마을에 온다. 그는 해변에 널린 나뭇가지를 모아 모닥불을 피운다. 아버지와의 관계가 원만하지 않아 가출한 준코가 남자 친구와 함께 이 모닥불을 구경한다. 별거 없지만 견고한 의지가 느껴지는 풍경, 그 속의 미야케에게서 준코는 강하진 않지만 자신을 받아들여주는 '대부'를 보는 기분이다. 이 관계에도 '정체를 알 수 없는 악몽'과 이에 조촐하게 대항하는 '보통 사람'이라는 대치가 있다.

세 번째 단편은 표제작이다. 신흥 종교에 귀의하려는 엄마, 그리고 문득 아버지에게 거부당했다고 느끼는 요시야. 아버지란 존재의 한없는 싸늘함을 마주한 무력한 소년은 아버지가 없는 장소에서 어떻게 할 것인가? 그는 몸을 움직인다. 꿈틀꿈틀. 누구 하나 보는 이 없어도―아마 하늘은 보고 있겠지만―춤을 춘다. 이 단편은 훗날 스웨덴 출신의 캐나다 감독에 의

해 로스앤젤레스를 무대로 한 영화로 만들어졌다.

네 번째 단편은 〈타일랜드〉. 태국이라는 먼 장소에서 갑상선 전문의로 일하는 사쓰키는 고베 지진 소식을 접한다. 그녀는 옛날에 계부에게 몹쓸 짓을 당한 경험이 있다. 그 계부가 고베에 살고 있다. 사쓰키는 지진 소식에 계부가 짓뭉개져 죽었으면 좋겠다고 생각한다. 그리고 얼마 후 '내일이면 일본으로 돌아가는 날' 그녀의 가이드 겸 운전사인 태국인 미니트가 예언가 노파에게 그녀를 데리고 간다. 노파는 사쓰키의 몸속에 돌이 들어 있다고 말한다. 그리고 꿈을 꾸면 뱀이 나올 것이니 그 뱀에게 돌을 꺼내달라고 하라고 한다. 귀국하는 비행기 안에서 사쓰키에게 잠시 깊은 잠이 찾아온다.

다섯 번째 단편은 〈개구리 군, 도쿄를 구하다〉. 어느 날 거대한 개구리가 도쿄 안전신용금고 신주쿠 지점의 융자관리과 계장 보좌 가타기리를 찾아온다. 그리고 지금 지하의 어둠 속에서 지진을 일으키려 하는 지렁이 군과 일대 결전을 펼칠 테니 응원해달라고 협조를 부탁한다. 어려운 일은 아니다. 그저 "내 뒤에서 '개구리 군, 힘내. 걱정 마. 너는 이길 거야. 네가 옳아'라고 말만 해주면" 된다고 한다. '음치에 꼬맹이에 포경에 근시'라서 평소 모두에게 업신여김을 당하는 자신이 어떻게 그런 일을 할 수 있을지, 애당초 그런 자신이 왜 협조하지 않으면 안 되는지 반문하자, 개구리 군은 대답한다. 그런 사람이 아니면 자신을 도울 수 없다고.

그러나 약속 시간 전에 가타기리는 야쿠자에게 습격을 당해 의식불명인 상태에서 병원에 실려 간다. 입원한 지 이틀째, 만신창이가 된 개구리 군이 가타기리를 찾아온다. 개구리 군은 가타기리의 협조로 간신히 무승부까지 전투를 이끌고 갔다면서 고맙다고 보고한다. 그러자 그 몸이 여러 개의 혹이 되어 터지면서 그 속에서 크고 작은 구더기 같은 벌레가 꾸물꾸물 기어 나오는 장면으로 끝난다. 정의는, 정의는 이긴다는 말만큼 알기 쉽지 않다. 그걸 가르쳐주는, 여운이 오래가는 수작이다.

마지막 단편 〈벌꿀 파이〉는 소설가인 주인공 준페이가 지진에 대한 공포를 계기로 오래도록 마음에만 담고 있던 사랑을 성취하는 이야기다. 그는 친구 다카쓰키와 이혼하게 된 연인 사요코의 어린 딸 사라에게 벌꿀 파이를 만드는 곰 이야기를 들려준다. 이야기를 무사히 들려주고 나자 사라의 새아빠가 될 수 있을 듯한 기분이 든다. 앞 장에서 언급했듯이 '올곧은' 라인을 관철하는 청순한 이야기다.

이렇게 간략한 소개로도 알 수 있듯이 무라카미의 분신이 주인공인 네 번째 단편과 이 마지막 단편을 제외하면 예의 기타센주 발 히비야 선으로 출퇴근하는 사람들이 그동안의 세련된 주인공들을 대신하고 있다.

무라카미의 소설 세계는 《신의 아이들은 모두 춤춘다》에 이르러 크게 확대되는 동시에 한층 작아져 우리에게 다가온다. 이 연작집은 약함을 감싸면서 강해지고, 작아져서 오히려 커지고, 다가옴으로 해서 멀리까지 독자들을 데리고 간다.

환유와 이계와 '전체적인 유'

이편에서 저편으로

2002년에 《해변의 카프카》가 출간되자, 무라카미가 이전과는 아주 다른 이질적인 소설가가 되었음이 누구의 눈에도 자명해졌다.

《태엽 감는 새 연대기》때에는 수많은 수수께끼가 그대로 방치된 채 소설이 끝났고, 첫 두 권으로 완결된 것이라 여겨지며 각 방면에서 비난이 쏟아졌다. 그러나 《해변의 카프카》에서는 700킬로미터 떨어진 장소에서 벌어진 살인의 혈흔이 정신을 차리고 보니 주인공의 티셔츠 안쪽에 눌어붙어 있었는데도 아무도 그 이유를 밝히라고 하지 않았다.

무슨 일이 생긴 것일까?

한 가지, 이렇게 설명할 수는 있겠다. 지금까지 그의 소설은 시크 앤드 파인드seek and find의 여정이라고 이야기되어왔다. 무언가가 없어진다. 누군가가 없어진다. 그걸 주인공이 찾아 나서고 결국 찾아낸다. 하드보일드 소설의 한 정형이다. 전설적인 핀볼 머신을 찾는《1973년의 핀볼》, 양을 찾아 친구 '쥐'가 있는 곳을 찾아가는《양을 둘러싼 모험》, 아내가 실종되는《태엽 감는 새 연대기》, 연인이 그리스에서 갑자기 사라지는《스푸트니크의 연인》이 그랬다.

그런데 이 소설에서는 없어지는 쪽의 이야기가 그려진다. 지금까지는 사라진 것을, 친구를, 아내를, 연인을 주인공이 찾아 나섰다. 앞의 세 작품에서는 찾았고, 마지막 한 작품에서는 찾지 못했다. 그런데 이 소설에서는 주인공이 없어진다. 가출을 한다. 아무도 그를 쫓지 않고 찾지도 않는다. 그는 자신이 왜 없어지는지도 모르는 채, 그저 '먼 곳'을 향한다. 소설은 이편의 이야기에서 저편의 이야기로 이행한다.

가장 '손상된' 존재가 회복되는 법

《해변의 카프카》는 다무라 카프카라는 한 소년의 이야기다. 소년은 열다섯 살 생일을 기해 집을 나간다. 그리고 서쪽을 향해 '거대한 다리'를 건너 시코쿠의 다카마쓰에 도착한다. 소설은 그 '다리 건너' 세계에서 주인공이 파란만장한 경험을 하고 어떤 유의 '회복'을 이룬 후 다시 '이편' 세계로 돌아오는 과정을 그린다.

하지만 그 맛이 아무래도 과거와는 다르다. 세계와 이어져 있다는 느낌이 들지 않는다. 어딘가 모르게, 무언가에 의해 끊겨 있다. 투명한 자신의 손이 입을 막고 있는 것 같다. 예를 들면 주인공인 '나'의 감촉. 주인공은 말한다.

열다섯 살이 되는 날이 왔을 때, 나는 집을 떠나 멀리 있는 낯선 도시에 가서 조그만 도서관 한 귀퉁이에서 생활하게 된다.

물론 순서에 따라 자세하게 이야기하자고 들면 아마 일주일은 계속 이야기할 수 있을 것이다. 그래서 일단 요점만 말하면, 대충 그렇게 된다.

《해변의 카프카》

이를 《노르웨이의 숲》 주인공인 '나'의 회상과 비교해보면 좋을 것이다.

18년이란 세월이 흐른 지금도 나는 그 초원의 풍경을 똑똑히 기억해낼 수 있다.

《노르웨이의 숲》

후자는 화자와 주인공이 분리되어 있지 않아 쉽게 감정이입할 수 있다. 그런데 전자는 그렇지 않다. 마치 코팅이 된 듯하다. 때문에 감촉이 전혀 다르다.

한 가지 해답은 《해변의 카프카》의 주인공 '나'가 소위 다중인격, 해리성 정체감 장애 경향이 있다는 데 있다. 무라카미는 이 소설의 아이디어를 한신 아와지 대지진 2년 후인 1997년의 2월부터 4월 사이에 발생한 고베 연쇄아동살상 사건에서 얻었을 것이다. 이 사건의 범인인 소년은 '바모이도오키신'이라는 분신이 자기 안에 있다는 해리성 정체감 장애 경향이 있다고 지적되었다. 이 소설의 주인공 다무라 카프카 역시 자기 안에 '까마귀라 불리는 소년'이라고 이름 붙인 분신을 갖고 있다. 따라서 주인공은 그 다중인격의 하나라고 생각된다.

이 소설의 주인공을 다무라 소년이라고 하자. 다무라 카프카는 그의 내면 일부의 인격이고, 그렇다는 것을 다무라 카프카 자신은 모른다. 이런 이야기 구조가 부상한다. 그런 '그'가 생각한다. 자신이 네 살 때 엄마는 아홉 살 된 누나를 데리고 없어졌다. 그 후 아버지가 자신을 귀찮아해서 없는 게 차라리 나은 인간 취급을 받아왔다. 자신은 엄마에게도 아빠에게도 사랑받지 못했다. 부모의 유전자에서 해방되려면 자신을 자신으로부터 몰아내는 수밖에 없다……

다무라 카프카는 자신의 내면에 어떤 장치가 있다고 느낀다. 예언이 늘 거기에 '어두운 물처럼' 고여 있다. 스위치가 눌러지면 그것은 무슨 장치처럼 작동을 시작하고, 이야기가 시작된다. 예언은 이런 식이다. "너는 언젠가 그 손으로 아버지를 죽이고, 언젠가 어머니와 몸을 섞게 될 것이다." "아버지를 죽이고, 어머니와 누나와 몸을 섞는다."

이 소설의 상권 끝부분에서 그는 처음으로 마음을 연 친구 오시마 씨에게, 아버지가 자신의 몸에 '시한 장치처럼' 그런 저주를 '묻었다'고 고백한다. 이 장치의 작동을 두려워한 나머지, 아니면 이 장치가 작동을 해서 그는 가출을 한다.

《해변의 카프카》는 이 세상에서 가장 처참하게 '손상된' 존재가 어떻게 하면 그 손상에서 회복될 수 있을까 하는 큰 과제를 내미는 작품이다. 이런 의미에서도 어느 틈에 작품이 국경을 넘었는데, 2005년도에 영역본이 출간되었을 때 「뉴욕 타임스」는 '올해 베스트셀러 열 권' 중 한 권으로 꼽았다.

은유에서 환유로

홀수 장에는 마치 코팅된 것처럼 생동감 없는 다무라 카프카의 이야기가 배치되어 있다. 짝수 장에서는 지능에 다소 문제가 있지만 고양이의 말을 알아들을 수 있는 나카타라는 노인이 호시노라는 트럭 운전사 청년과 함께 병행적으로 다카마쓰를 향하면서 지금까지 경험하지 못한 매력적인 모험담을 선사한다. 구성은 《세계의 끝과 하드보일드 원더랜드》와 유사하지만, 이 작품에서 이편과 저편 세계의 연관성은 훨씬 더 유기적이고 깊다.

하지만 다중인격 주인공을 등장시킨 것은 빙산의 일각에 지나지 않는다. 근래에 무라카미에게 생긴 변화의 원인이 아니라 결과다.

이제 또 하나의 동향이 무라카미의 작품을 움직여왔다는 설명을 덧붙이려 한다. 나는 무라카미의 작품을 크게 전기, 중기, 후기로 구분했을 때 후기가 엄밀하게는 이 작품에서 시작된다고 생각하고 있다. 그리고 앞의 구분(표 5)과는 약간 어긋나지만, 표 6이 보여주듯이 전기는 《바람의 노래를 들어라》에서 《세계의 끝과 하드보일드 원더랜드》까지, 중기는 《노르웨이의 숲》에서 《스푸트니크의 연인》까지, 그리고 후기는 《해변의 카프카》에서 현재까지다.

이 시기 구분의 근거는 두 가지다. 하나는 앞에서 언급한 '개체의 세계→쌍의 관계→아버지와 아들(선생과 학생, 연상과 연하)의 관계'로 이어지는 축이다. 그리고 다른 하나는 '은유에서 환유로', '타계에서 이계로', '하루키 월드에서 보통 현실로'라는 세 가지 동태. 이 두 가지 구분의 관점에서 보면 전기, 중기, 후기로 구분했을 경우 중기가 거의 전기에서 후기로 이어지는 과도기가 된다.

표 6 세 가지 시기로 나눈 무라카미 작품

전기	하루키 월드	은유적인 세계	《바람의 노래를 들어라》(1979)	타계	부정성
			《1973년의 핀볼》(1980)		
			《양을 둘러싼 모험》(1982)		
			《세계의 끝과 하드보일드 원더랜드》(1985)		
중기			《노르웨이의 숲》(1987)		
			《댄스 댄스 댄스》(1988)		
			《국경의 남쪽, 태양의 서쪽》(1992)		
			《태엽 감는 새 연대기》(1994~1995)		
			전환기 《언더그라운드》(1997)		
			《스푸트니크의 연인》(1999)		내폐성
			《신의 아이들은 모두 춤춘다》(2000)		
후기	현실	환유적인 세계	《해변의 카프카》(2002)	이계	
			《애프터 다크》(2004)		
			《1Q84》(2009~2010)		
			《색채가 없는 다자키 쓰쿠루와 그가 순례를 떠난 해》(2013)		

　　전기에서 후기로 변화하는 무라카미의 소설 세계를 가장 잘 보여주는 것은 은유적인 세계에서 환유적인 세계로의 이행이다. 은유적, 환유적이라는 말은 여기서는 비유의 대표적인 방식이라는 정도로 인식해주기를 바란다. 은유는 비유하는 것과 비유되는 것이 연관성이 있는 경우이고, 환유는 비유하는 것과 비유되는 것이 연관성이 없는 경우다. 예를 들면 "그녀의 눈은 야광충이다"는 은유(말의 의미상 모두 밤에 빛난다), "내 치약은 사자다"는 환유다(사물과 동물은 말의 의미상 직접적인 연관이 없다).

고도자본주의 사회, 고도정보화 사회가 도래했다는 말이 회자될 즈음부터 우리의 경험은 머리와 마음과 몸이 따로따로 세계와 이어지게 되었다. 그 때문에 TV에 출연해 중동 정세를 논하면서(머리), 가족 관계의 문제로 부모에 대한 큰 콤플렉스를 안고(마음), 섹스 중독(몸)에 빠진 인물이 있다고 해도 우리는 이전만큼 놀라지 않는다. 전에는 그런 일이 별로 없었기 때문에 우리는 그 사람이 비밀을 갖고 있다고 느꼈지만, 지금은 인간이란 그런 존재라고들 많이 생각한다.

　여기서는 그 기존의 세계, 머리와 마음과 몸이 하나인 세계를 은유적이라고 하고, 따로따로가 된 세계를 환유적이라고 하겠다.

　무라카미의 장편 소설에 환유적 등장인물이 나타난 것은 자본주의 사회의 출현을 강조하는《댄스 댄스 댄스》의 고탄다 군이 처음이었다. 주인공 '나'의 오랜 친구인 그는 살인을 저질렀지만, 나중에는 자신이 정말 살인을 저지른 게 맞는지 확신하지 못한다. 머리와 마음과 몸이 따로따로인 것이다. 이런 존재는《국경의 남쪽, 태양의 서쪽》의 시마모토와 이즈미,《태엽 감는 새 연대기》의 주인공 오카다의 아내 구미코와 와타야 노보루,《스푸트니크의 연인》의 뮤와 스미레 등으로 조금씩 무라카미의 세계에 침투하게 된다.

화물과 화차

이 책에서 첫 도입부의 실마리였던 부정성이 왜 도중에 사라져 버렸는지도 이를 통해 다른 방식으로 설명할 수 있다.

사회에 대한 반역, 변혁의 욕구 등의 부정성이 광범위하게 존재하려면 세계가 은유적이어야 하고, 머리와 마음과 몸의 일체성이 유지되어야 할 필요가 있다. 그런데 그 토대가 무너져 환유적 세계가 출현하면 부정성은 해체되고 만다. 부정성이 다른 문제, 다른 살기 어려움, 다른 손상의 방식으로 대체되는 것이다. 그런 변화의 발단이 《세계의 끝과 하드보일드 원더랜드》의 문제였다는 것도 지금은 이해할 수 있다.

이 단계를 거쳐 무라카미 소설의 세계는 《해변의 카프카》에 이르러 마침내 역전 현상을 보이고 있다. 그때까지 주인공이며 화자인 '나'는 머리와 마음과 몸이 하나인 은유적인 세계에 살고 있었다. 그런 그의 앞에서 갑자기 사라지는 것이 처음에는 죽은 자였고, 그다음에는 이렇게 환유적인 '따로따로' 세계에 사는 사람들이었다. 그런데 이번에는 '따로따로' 세계의 주민인 다무라 카프카가 주인공과 화자의 자리를 차지한다. 그에게 보이는 세계와 그가 사는 세계가 우리 앞에 펼쳐지는 것이다. 등장인물로 나타나 이질적으로 점멸하던 환유성이 이제 세계의 모든 것을 뒤덮는다고나 할까, 세계 전체가 된다.

요시모토 다카아키가 말한 '전체적인 유_論'라는 흥미로운 개념이 있다. 말하자면 '유'가 전체화하는 것이다. 그 전체화에 대해 무라카미는 작중 인물의 입을 빌려 이렇게 말했다.

> 이건 (중략) '상실'이기보다 오히려 '결락'에 가까운 것이죠. (중략) '상실'과 '결락'에는 큰 차이가 있습니다. (중략) 연결된 선로 위를 달리는 화물 열차를 상상해보시죠. 그중 한 량에서 화물이 없어진다면 내용물만 없는 텅 빈 화차가 '상실'입니다. 내용물뿐만 아니라 화차 자체가 감쪽같이 없어지는 것이 '결락'이죠.
>
> 《해변의 카프카》

신경까지 손상되면 이가 아프지 않은 것처럼, 손상이 화차 전체에 이르면 상실(부정성)이 없어지고 결락이 된다. 그리고 환유적 세계가 나타난다.

타계에서 이계로

이 은유의 세계에서 환유의 세계로의 이행은 이내 알 수 있는 또 다른 이행을 동반한다.

은유적인 '일체적' 세계에서는 사람이 이편에서 저편으로 가는 것은 삶의 세계에서 죽음의 세계로 가는 것, 즉 죽음을 의미했다. 따라서 《바람의 노래를 들어라》, 《1973년의 핀볼》, 《양을 둘러싼 모험》이라는 전기 '쥐' 3부작에서 저편의 세계는 죽

음의 세계, 민속학적으로는 '타계'였다. 무라카미 소설로 보면
《노르웨이의 숲》까지, 저편이란 죽은 사람이 가는 타계였다.

그런데 머리와 마음과 몸이 따로따로인 세계로 이행하자 몸
은 이편에 있으면서 머리와 마음은 저편에 가 있는 존재, 몸과
머리는 정상인데 마음만 죽은 존재(좀비적인 존재)가 나타나고,
이와 동시에 그 같은 존재만이 갈 수 있는 저편 세계가 생겨나
게 된다. 저편이 타계에서 이계로 바뀌는 것이다.

이계가 나타나는 것은 《노르웨이의 숲》 이듬해에 출간된
《댄스 댄스 댄스》 이후의 일이다. 이 작품에서는 호텔 16층이
이계이며, 《태엽 감는 새 연대기》에 이르면 그것이 우물 속, 벽
을 통과한 후의 다른 차원의 세계가 된다.

아버지와의 대치

후기의 시작은 무라카미에게 큰 의미가 있다. 이때의 변화는
그가 소설 쓰는 방식을 나름으로 천착해 아무런 선입견 없이
이야기 세계에 몸을 던져 자신의 무의식 깊숙이 잠행하는 새
로운 쓰기 방식을 얻은 가운데 생겨난 것이기 때문이다.

《해변의 카프카》에서 그는 이 세계에서 가장 손상된 존재가
그 구렁에서 어떻게 하면 회복될 수 있을 것인가 하는 커다란
문제에 봉착했다. 그러나 그 문제는 부정성이 효력을 잃은 후,
부정성이라는 자석이 작동하지 않는 세계에서 암중모색하면

서 써나가다 보니 생겨난 것이다.

마찬가지로, 무의식중에 그는 '아버지에 준하는 이의 그림자'와의 대치, 대립이라는 주제와도 서서히 마주하게 되었다. 《신의 아이들은 모두 춤춘다》가 그 만남의 장소였다. 그리고 《해변의 카프카》에서 '아버지 죽이기'의 주제로 성장한다. 동시에 그는 '아버지와의 대치'라는 주제에 잡혀 있기도 했다.

용서와 상상력

가장 손상된 존재인 다무라 카프카는 어떻게 회복될 수 있는가? 그것은 같은 정도로 심하게 손상된 또 하나의 존재, 나카타 노인의 다무라 소년에 대한 일방적인 증여를 실마리로 달성된다.

그러나 나카타 씨는 모른다. 그는 자신이 알지도 못하는 소년을 도운 사실을 모르는 채, 고양이를 죽인 조니 워커를 죽이고, 다카마쓰 시립 도서관 관장으로 일하는 사에키 씨에게 자신들은 이제 '이곳을 떠나야 한다'는 말을 하러 가 사에키 씨를 죽음으로 유도하고 자신도 죽는다. 그처럼 완벽한 증여를 통하지 않고는 달성될 수 없는 지원을 얻어 다무라 소년은 회복되어 돌아온다.

회복은 다음과 같은 두 가지를 실마리로 이루어진다.

한 가지는 다무라 소년이 자신을 유기한 어머니를 용서하는 것이다. 그는 어머니의 모습을 닮은 다카마쓰 시립 도서관 관장 사에키 씨가 자신의 어머니가 아닐까 생각한다. 그리고 사에키 씨가 스무 살 때 사랑하는 연인이 갑자기 죽은 탓에 세상에 홀로 남겨져 그 후 절망 속에서 살아왔다는 것을 안다. 갈등이 생긴다. 마침내 그 안의 분신, 까마귀라 불리는 소년이 그에게 말한다. "그녀는 너를 무척이나 사랑했다. 그런데도 절망이 너무 깊고, '격심한 공포와 분노' 때문에 너를 버리고 말았다. 너와 마찬가지로 약했기 때문이다. 심하게 '손상'되었기 때문이다. 너와 똑같았다, 그렇게 생각해라. 가정해라. 그것이 출발점이 될 것이다."

다른 한 가지는 다무라 소년은 이해할 수 없는 형태로, 그러나 실제로 죽였을지도 모르는 아버지를 나카타 씨가 더욱 이해할 수 없는 형태로 다시 죽이는 '재연'을 통해 소년의 아버지 죽이기를 무화無化시키는 것이다. '나'는 폭풍을 만나 얕은 바다로 밀려 올라온 배가 더욱 심한 폭풍이 불자 밀려온 물에 떠 바다로 돌아가는 모습을 상상한다.

다무라 소년의 내면은 세상의 모든 이로부터 유기당했다고 느끼고, 저주의 예언을 성취하기 위해 아버지를 죽이고 어머니와 누나와 몸을 섞지 않으면 안 된다고 생각한다. 그는 그 성취를 지향한다. 이 증오의 장치는 어떻게 하면 해제될 수 있을까?

방법은 역시 상상력밖에 없다. 그것이 무라카미가 내놓은 해답이다. 다무라 카프카는 사에키 씨에 대해 자신을 버린 어머니가 틀림없다고 확신한다. 그리고 그 믿음 속에서 사에키 씨를 책망하고 '몸을 섞은' 후, 사에키 씨 역시 자신과 마찬가지로 상처 입고 손상되고 버려졌다는 생각에 이른다. 그러고는 일방적으로 그녀를 용서한다.

사에키 씨가 정말 그의 어머니인지 아닌지는 상관없다. 그것은 그의 내면 속 확신과 양해의 문제, 즉 상상력 영역의 문제다. 그런 식으로밖에 예언의 장치는 해제되지 않는다. 무라카미는 이 작품에서 그렇게 해답을 준비했다고 나는 생각한다.

애프터 다크

이어서 무라카미는 2004년 《애프터 다크》라는 짧은 장편 소설을 발표했다. 그리고 거기에 '저편'으로 가버린 언니를 걱정하는 여동생의 하룻밤 이야기를 담는다. 이 소설의 특징은 가공의 화자가 '우리'라는 1인칭 복수이고 그 시점은 공중에 떠 있는 것으로 설정되었으며, 또 전작의 '전체적인 유'의 구조가 유지되고 있다는 점이다.

화자들은 컴퓨터 그래픽처럼 편재하는 시계를 지니고 있고, 마치 인공위성의 시선처럼 그 앵글은 이야기 전역에 미친다. 주인공은 아사이 마리. 열아홉 살이고 중국어를 배우고 있으며 베이징에 교환학생으로 반년 정도 가 있으려 한다. 그녀에게는 두 살 위인 언니 에리가 있다. 에리는 아름다움을 타고나 어렸을 때부터 잡지 모델 일을 했다. 마리는 에리에게 열등감을 품고 자신을 언니에게 가려진 존재라고 생각한다. 화려한 세계에 몸담고 있는 에리는 마리와 같은 집에 살지만 거의 교류가 없다. 그런 에리가 마음에 병이 생겨 두 달 전부터 방에서 잠만 자고 있다.

　이야기는 다음 주면 베이징으로 떠나는 어느 밤, 시부야의 한 패밀리 레스토랑에서 시간을 보내는 마리에게 생긴 일들을 더듬는다. 그녀는 보스턴 레드삭스 야구모자를 쓰고 파카, 스타디움 점퍼를 입은 남자 같은 차림으로 패밀리 레스토랑에 앉아 있다. 한 청년이 말을 건넨다. 언니와 조금 아는 사이다. 또 변태 같은 일본인에게 가진 것을 다 털린 데다 폭행까지 당한 같은 나이의 중국인 동리를 도와준다. 그녀는 일본에 와서 콜걸 일을 하고 있다. 이 이야기는 날이 밝아 밤에 만난 청년 다카하시 데쓰야가 마리에게 다음에 다시 만나고 싶다고 해서 마리가 결국 베이징 주소를 그에게 건네고 집으로 돌아와 에리의 방으로 가는 장면에서 끝난다.

중국에 대한 응답

《애프터 다크》에 대해서는 여러 가지 할 말이 있지만 한마디만 하기로 한다. 이 소설은 첫 단편 〈중국행 슬로보트〉에 화답하는 형태로 무라카미가 자신의 생각을 담아 쓴 중국에 대한 오마주 같은 작품이기도 하다. 주인공 설정과 몇 가지 장면을 보면 그가 자신의 첫 단편을 다시 읽고 그 답가로 이 작품을 썼을 것이라는 추측이 가능하다.

우선 주인공 마리는 〈중국행 슬로보트〉의 두 번째 일화에 등장하는 중국인 여자아이와 중첩된다. 둘 다 열아홉 살이다. 마리는 일본인이지만 일본 학교에 적응하지 못해 요코하마에 있는 중국인 학교에 다녔다. 지금은 외국어대학에서 중국어를 공부하고 있다. 장래 희망도 똑같다. 〈중국행 스로보트〉의 중국인 여자아이는 일본어를 중국어로 통역하는 일을 하고 싶어 하고, 마리도 중국어를 일본어로 옮기는 일을 하고 싶어 한다.

마리는 또 열아홉 살인 중국인 창부 동리에 대해 "한 번 보고 그 아이와 친구가 되고 싶다고 생각했다", "다른 때, 다른 장소에서 만났더라면 사이좋은 친구가 될 수 있었을 것이다"라고 다카하시에게 말한다. 마리, 에리, 동리. 돌림자도 같다.

마지막에는 또 이런 장면이 있다. 다카하시가 "괜찮으면 그쪽 주소를 가르쳐달라"라고 말하자 마리는 주머니에서 조그맣고 빨간 수첩을 꺼내 베이징 주소를 쓴 뒤 그 페이지를 뜯어 건넨다. 그것을 다카하시는 둘로 접어 자신의 지갑에 넣는다. 〈중국행 슬로보트〉의 세 번째 일화에서도 주인공이 수첩을 뜯어 주소를 쓴 다음 중국인 동창생에게 건네자, 중국인 동창생은 그걸 꼼꼼하게 넷으로 접어 명함 지갑에 넣는다. 또 두 번째 일화에서는 반대로 중국인 여자아이가 전화번호를 말해주자 '나'는 성냥갑 뒤에 적었는데 그 성냥갑을 깜박 버리고 만다. 그래서 더는 그녀에게 연락할 수 없게 된다.

그러나 무엇보다 두 작품의 가장 큰 공통점은 중국인에 대한 일본인의 전쟁 책임을 묻고 있다는 것이다. 〈중국행 슬로보트〉의 세 번째 일화에서 중국인 동창생은 이렇게 말한다. "너는 옛날 일을 기억하지 못한다. 그것은 무의식적으로 옛날 일을 잊고 싶어 하기 때문이다. 나는 너와 똑같은 이유로 옛날 일을 무엇 하나 빠트림 없이 기억하고 있다." 이 모티프는 고스란히 《애프터 다크》에서 반복된다.

러브호텔에서 중국인 창부에게 불합리한 폭행을 행사한 일본인 컴퓨터 프로그래머는 동리에게 빼앗은 휴대전화를 편의점 진열대에 버린다. 그리고 그 후 다카하시와 편의점 점원 등 몇 사람이 "뭐지?" 하고 손에 들어본다. 그럴 때마다 동리를 고용한 조직의 중국인 남자가 집요하게 말을 건넨다. "도망칠 수 없어. 어디로 도망치든 우리는 너를 반드시 찾아낼 거야." "너는 잊을지도 모르지. 하지만 우리는 잊지 않아. 이미 얼굴을 알고 있으니."

미국이 아닌 중국으로

《애프터 다크》를 처음 읽었을 때의 감상은 이랬다.

단행본이 출간된 것은 2004년 9월이었다. 당시 수상이었던 고이즈미 준이치로의 수차례에 걸친 야스쿠니 신사 참배 덕분에 일본과 중국 사이의 국민감정이 극단적으로 악화되었다. 일본인 유학생이 시안에서 벌인 촌극 사건을 계기로 중국 전역에서 반일 감정이 폭발했고, 심지어 축구 경기에서 나타난 반일 응원 양상에 일본에서도 급격히 반중 감정이 불거졌다.

그러나 그 직전까지 일본에서는 중국에 대한 우호적 분위기가 눈에 띄게 확산되고 있었다. 2008년 베이징 올림픽 개최가 2001년에 확정되어 중국 붐이 일었던 것이다. 고용의 기회를 찾아 중국어를 공부하는 젊은이들도 급증했다고 신문과 TV에서 연일 보도했다. 중국이 서서히 국력을 키워 세계적으로 존재감이 부상하고 있었던 배경도 있었다. 중국의 대두로 세계의 판이 미국 중심에서 서서히 이동하려는 때였다. 이 소설도 그런 시기에 쓰였다. 책이 출간되었을 때에는 양국의 관계가 몹시 나빠진 상태였지만 쓰는 도중에는 새로운 예감이 충만했다.

20년 정도 훗날의 시점에서 돌아본다면, 무라카미가 이 소설에서 주인공을 미국이 아니라 중국에 가도록 한 것이 하나의 지표로 이야기될 것이다. 그리고 그때는 아마 이런 이야기들도 할 것이다. 그때 무라카미는 중국어를 공부하는 젊은 일본인 주인공에게 보스턴 레드삭스 야구모자를 씌웠지만 그녀를 미국이 아니라 베이징 공항으로 향하도록 했다고.

그 후 세계는 이라크 전쟁 후의 혼돈과 금융 공황을 거쳐 판이 크게 바뀌었다. 센카쿠 열도(댜오위댜오) 문제 등은 양국 관계가 쉽게 풀리지 않을 것을 시사했다. 알다시피 현재도 그렇다. 그러나 상황은 서서히, 언덕 위에서 바위가 굴러내리듯 한 방향으로 움직일 것이다. 시간이 걸릴 수는 있으나 달라지는 점은 없을 것이다. 그리고 무라카미의 이 '방향 전환'이 하나의 지표라는 의미도 사라지지 않을 것이다. 나의 소소한 예언이다.

아직 다 쓰지 못한
이야기

1Q84

미완의 1Q84

2002년 《해변의 카프카》, 2004년 《애프터 다크》 이후 무라카미는 다시 긴 침묵기에 들어갔다. 그사이에 연작 단편집 《도쿄 기담집》(2005년)을 발표하기는 했지만, 4년간의 준비 기간을 두고 때를 기다리는 식으로 출간한 것이 2009년의 《1Q84》였다.

본격적인 장편 소설로는 《태엽 감는 새 연대기》(1994~1995년)와 《해변의 카프카》의 뒤를 잇는 작품이다. 《태엽 감는 새 연대기》가 이전의 장편 《댄스 댄스 댄스》(1988년)에서 6년째, 《해변의 카프카》가 《태엽 감는 새 연대기》의 3부(1995년)에서 7년째, 그리고 《1Q84》가 《해변의 카프카》에서 역시 7년째다. 무라카미의 본격 장편이 대체로 6, 7년 주기로 출간되고 있다는 것을 알 수 있다.

그러나 《1Q84》는 무라카미의 과거 본격 장편들과 비교해 볼 때 동렬에 놓고 논할 수 없다는 느낌이 든다. 분명하게 말해서 《태엽 감는 새 연대기》도 《해변의 카프카》도 이제 끝났다는 완결의 느낌으로 소설이 마무리되는데, 《1Q84》는 길이만 봐도 앞의 두 작품을 능가하지만 완결의 느낌은 들지 않는다.

그 이유를 이렇게 말할 수 있겠다. 당초 이 작품이 BOOK 1과 BOOK 2로 출간되었을 때에는 나름의 완결감이 있었다. 그런데 BOOK 3이 더해지자 오히려 완결되지 않았다는 느낌이 생겨났다. 사실 BOOK 3을 썼으니 BOOK 4도 있어야 이 소설이 끝나는 게 아니었을까? 나는 지금도 이런 의문을 좀처럼 지울 수가 없다.

태엽 감는 새 연대기와의 유사점

이 소설은 《태엽 감는 새 연대기》와 마찬가지로 3부 구성 중 1부와 2부가 먼저 2009년에 출간되었고(BOOK 1과 BOOK 2), 약 일 년 후인 2010년에 3부가 출간되어(BOOK 3) 현재의 형태가 되었다. 처음 두 권이 먼저 출간되고 일 년 정도 지나 깜짝쇼를 하듯이 세 번째 책이 등장했는데, 해외에서는 이런 과정 없이 세 권이 한 권의 형태로 출간된 점에서도 두 작품은 비슷한 행로를 보인다.

여기서는 알기 쉽게, 동시에 출간된 BOOK 1과 BOOK 2를 원《1Q84》, BOOK 3이 포함된 2010년 작품을 현《1Q84》로 부르기로 한다. 마찬가지로 1994년에 동시 출간된《태엽 감는 새 연대기》2부 구성판을 원《태엽 감는 새 연대기》, 1995년 3부 구성판을 현《태엽 감는 새 연대기》라고 부르기로 한다.

두 작품은 '원'과 '현'의 출간 방식 외에도 1984년 이야기라는 점, 또 주인공의 나이가 비슷하다는 점(이야기가 시작될 당시《1Q84》의 아오마메와 덴고는 스물아홉 살이고,《태엽 감는 새 연대기》의 오카다 도오루는 서른 살이다), '월' 표시가 제목에 사용된 점(《태엽 감는 새 연대기》3부는 제외)에서 유사하다.

이런 유사점을 보이는 것은 작가가 어느 정도 의식하고 있었음을 말해준다. 그중에서 우리가 의미 있게 봐야 할 것은 '원'과 '현'의 출간 방식이《태엽 감는 새 연대기》를 전례로 해서 처음부터 예정되어 있었던 것이 아닐까 하는 점이다.

'원'과 '현'의 관계

《태엽 감는 새 연대기》는 주인공 오카다 도오루가 자신에게 이상한 전화를 건 여자야말로 실종된 아내 구미코가 아닐까 하고 짐작하는 장면에서 2부(원)가 끝난다. 그는 깨닫는다. 나도 아내를 내몬 한 요인이 아닐까? 그리고 독자는 그 부분을 읽고

납득한다(다만, 스토리상의 무수한 수수께끼가 풀리지 않은 채 끝나 독자들의 격분을 샀다는 사실은 앞에서 언급한 대로다).

그리고 일 년 후, 3부가 등장한다. 일단 '묻혔던' 우물이 다시 파내지면서 새로운 스토리가 전개되고, 작품은 구미코가 저편 세계에서 악의 화신인 오빠 와타야 노보루에게 살해당하는 것으로 끝난다.

'원' 후에 '현'이 등장했을 때, 나는《태엽 감는 새 연대기》에서는 소설과 스토리의 성장 속도에 차이가 있기 때문에 소설은 2부에서 끝났지만, 스토리 쪽은 끝나지 않은 탓에 스토리를 끝낼 필요가 있어 3부를 이어 쓰는 것으로 소설이 '갱신'되어야 했다고 평한 바 있다. 3부는 스토리뿐만 아니라 소설로서도 완결감을 띠고 있었기 때문이다.

그런데《1Q84》는 그렇지 않다. 이 소설은 두 이야기가 번갈아 진행된다. 하나는 원래 호신술 강사인 여주인공 아오마메가 TV 드라마 〈필살 사업인〉 못지않게 '정의'를 위해 악당 DV domestic violence 남자(가정 폭력이나 여성 학대를 저지르는 사람, 잔학한 일을 즐기는 사람)들을 침구술적인 비의로 흔적조차 남기지 않고 말살하는 모험담이다. 또 다른 하나는 수학 강사이면서 소설가를 지망하는 청년 덴고가 후카에리라는 신비로운 소녀가 쓴 신인상 응모작 〈공기 번데기〉의 리라이팅을 편집자에게 부탁받고, 그것에 응한 것 때문에 신흥 종교가 얽힌 문제에 휩쓸리는 이야기다.

배경에는 신흥 종교 교단의 은밀한 움직임이 있다. 아오마메는 버드나무 저택의 노부인에게 어린 여자아이를 성적으로 능멸하는 비밀스런 의식을 반복하는 교단의 지도자 '리더'의 살해를 지시받아 이를 실행한다. 덴고는 작품 〈공기 번데기〉를 세상에 내놓자 뜻하지 않게 그 교단이 믿는 '리틀 피플'의 비밀을 파헤치는 일에 관여하게 된다. 이렇게 해서 둘은 각자 교단 조직과 '리틀 피플' 집단에 쫓기는 몸이 된다.

사실 이 두 사람은 초등학교 동창생으로 열 살 때 어떤 일로 서로에게 무척이나 끌렸다. 그런데 훗날 두 사람을 연결해준 것은 그들에게 닥친 불행과 고난이었다. 일요일마다 아오마메는 어머니가 속한 교단 '증인회' 권유를 위해, 덴고는 NHK 수금원인 아버지의 일 때문에 각자 부모를 따라 도시를 떠돌았다. 때로 둘은 길거리에서 스치기도 했다.

가을 어느 날, 교실에서 덴고는 과학 실험을 하면서 장난질을 당한 아오마메를 돕는다. 겨울이 되자 어느 오후, 아오마메가 다가와 아무 말 없이 아주 잠깐, 그러나 주저 없이 그의 손을 꼭 잡았다가 살며시 놓고 사라진다. 딱 한 번 마음이 오갔을 뿐이지만, 그 순간이 두 사람을 영원히 맺어놓는다. 이처럼 모험담에 서로가 상대를 찾는 멜로드라마적인 두 사람의 사랑 이야기가 겹쳐진다.

이 정의와 사랑과 모험의 이야기가 노부인의 보디가드 다마루, 소설 〈공기 번데기〉를 쓴 난독증 소녀 후카에리, 편집자 고마쓰, 알츠하이머로 지금은 요양소에서 죽음을 기다리는 덴고의 아버지, 조직의 말단인 기괴한 탐정 우시카와 같은 등장인물들과 함께 펼쳐진다.

그러나 《태엽 감는 새 연대기》와는 반대로 원 《1Q84》는 스토리로서는 완결된 느낌이 강한 반면, 끝난 시점에도 소설이 주는 미완성인 듯한 느낌을 강하게 남긴다. 그리고 결국 현 《1Q84》가 등장하자, 독자는 그 미완의 느낌이 어디서 왔는지를 알게 되고 그 일단의 달성에 수긍한다. 그러자 이번에는 '그렇다면 이 작품은 아직 끝난 게 아니지 않나' 하는 의문이 다시 생겨났다.

원 1Q84는 어떻게 완결감을 줄 수 있었나

원 《1Q84》가 스토리로서, 또 소설로서 어느 정도 완결감을 띠고 있는 이유는 분명하다.

우선 노부인의 의뢰로 세상의 악당들을 징벌하고 살인을 거듭해온 아오마메가 그 대가를 치르기 위해 덴고를 구하려고 스스로 죽음을 선택한다는 것이다. 아오마메는 자신이 살인을 거듭해온 것을 어떻게 생각하느냐 하는 질문에 윤리적이고 타당한 대답이 준비되어 있다. 오락소설의 틀을 인용하면서 오락

소설은 아닌 《1Q84》의 소설 세계에서 살인과 죽음의 선택은 이렇게 균형이 맞는다.

또 다른 이유는 이런 '아오마메의 자기희생'과 '덴고의 고백' 이 두 사람의 생각을 앞뒤로 한 동전 하나를 만들기 때문이라 할 수 있다. 덴고는 죽음을 앞두고 있는 아버지에게 "사람을 무조건적으로 사랑해본 적이 없어요. 아오마메를 빼고는" 하고 뜻밖의 고백을 한다.

아오마메는 마지막 표적으로 소녀 능욕을 일삼는다는 컬트 교단 '선구'의 리더를 살해하려고 하는데, 그때 리더는 이렇게 말한다. "이대로 가면 네가 사랑하는 덴고는 리틀 피플에게 말살될 것이다. 그러나 내가 죽으면 리틀 피플은 다른 교조를 찾을 테니 덴고는 더 이상 위험인물이 아니고 목숨도 안전할 것이다. 대신 나를 죽인 네가 나의 교단에 반드시 죽음을 당할 것이다. 한편 내가 여기서 죽지 않으면 너는 살 수 있고, 덴고가 리틀 피플에게 제거될 것이다."

아오마메는 이 말을 듣고 덴고가 살 수 있다면 자신은 어떻게 되든 좋다고 생각하고 리더를 죽인다. 그리고 이제는 숨을 곳이 없다는 것을 알고, 수도 고속도로 3호선 노상에서 총구를 입에 문 채 방아쇠를 당긴다.

한편 덴고는 리틀 피플에게 쫓기면서도 죽어가는 아버지가 있는 요양소로 향한다. 그리고 BOOK 2의 마지막에서, 이미의식이 없는 아버지에게 지금까지 누구에게도 한 적 없는 자기 고백을 한다. 이는 전작인 연작 단편집 《도쿄 기담집》의 마지막 단편 〈시나가와 원숭이〉에 나오는 고백과 비슷한 내용으로, '나는 사람을 충분히 사랑할 수 없는 인간이 아닌가' 하는 것이다. 〈시나가와 원숭이〉에서는 원숭이가 지하 세계에서 나와 주인공이며 무라카미의 분신인 미즈키에게 이렇게 말한다.

> 그렇죠? 하지만 그 탓에(자신의 진실과 마주하기를 피하고, 자기 통제만 강화하며 자연스러운 마음의 움직임을 봉한 탓에), 당신은 누군가를 진지하게 온 마음으로 무조건적으로 사랑할 수는 없게 되었죠.

이 말을 듣고 미즈키는 그것이 자신의 진정한 모습이라고 느끼고, '몸 전체가 풀어지는 듯한' 기분을 느끼는데, 《1Q84》에서는 무라카미의 분신인 덴고가 그런 말을 아버지에게 한다.

> 내게 가장 절실한 문제는 지금까지 누구도 진지하게 사랑하지 못한 것이라고 생각해요. 태어나서 지금까지 나는 무조건적으로 사람을 좋아해본 적이 없어요. 이 사람이라면 나를 내던져도 상관없다는 기분을 느껴본 적이 없습니다. 단 한 번도.
>
> 《1Q84》 BOOK 2

물론 예외는 있었다. 덴고는 스무 살 때 딱 한 번 마음을 나눈 여자가 있었다고 말을 잇는다. 그런데 이때 아오마메는 이미 '이 사람이라면 나를 내던져도 좋다'는 식으로 덴고의 목숨을 구하기 위해 자신의 몸을 내던져 죽으려 하고 있었다.

왜 미진한 것일까

그러나 동시에 원《1Q84》가 소설로서 미진하게 느껴지는 이유는 독자가 이 소설을 명석한 것과 혼돈스러운 것의 싸움으로 받아들였기 때문이다. 그렇다면 그 싸움은 아직 끝나지 않은 것이다. 이제 막 시작되었을 뿐이다.

이 소설을 양측의 싸움으로 받아들일 경우, 명석함과 정의의 정점에는 아오마메에게 DV 남자의 살해를 의뢰한 버드나무 저택의 노부인이 있으며, 혼돈과 악의 정점에는 후카에리의 친부이며 노부인이 유아 능욕자로 규탄하는 컬트 교단의 지도자 '리더'가 있다.

노부인은 사랑하는 딸을 결혼 상대자의 폭력으로 잃은 일을 계기로 세상에 '옳은 일'을 행하기 위해 극도로 악질적인 DV 남자를 '다른 세계로 데려가는', 즉 살해하는 일을 견인하고 있다. 그런데 노부인에 따르면 리더는 사이비 교단의 교주에 여자아이 능욕을 일삼는 악의 화신이어야 하는데, 정작 등장하고 보면 그 말과는 실상이 크게 다르다.

자신을 죽이려고 나타난 아오마메에게 리더는 자신의 고통을 없애주기를 기다리고 있었다고 말한다. "나는 지금까지 무수한 고통을 이겨내며 살아왔다. 나는 죽기를 원한다. 이제 어떻게 할 것인가? 그 선택의 의미는 가르쳐주었다. 스스로 결정하라." 그리고 그는 또 이렇게 말한다. "네가 덴고를 살리기 위해 나를 죽이겠다면 기꺼이 응하겠다. 사랑이 없으면 모든 것은 그저 싸구려 연극에 지나지 않는다."

그는 이런 통찰력으로 아오마메를 감동시키고 자신이 짊어지고 온 고통의 깊이로 그녀를 움직인다. 그리고 BOOK 2의 13장 '그 9월의 폭우 내리던 밤'을 경계로 명석함과 혼돈의 관계가 반전된다. 어느 쪽이 옳고, 어느 쪽이 그른지 알 수 없어진다. 살해당한 리더의 고통이 노부인의 분노를 능가하고, 압도적인 리얼리티를 띠면서 전편을 뒤덮는다.

거기까지 읽고서 독자도 깨닫게 된다. 《1Q84》를 BOOK 3까지 읽으면 이 소설의 거의 중간, 전체 79개의 장 중에서 37번째 장, 즉 아오마메가 리더를 살해하는 BOOK 2의 13장 '그 9월의 폭우 내리던 밤'에서 명석함이 혼돈으로 반전된다는 것을. 즉 작가는 처음부터 BOOK 3에서 끝나는 현 《1Q84》를 도달점으로 생각하고, 거의 중간에 '폭우의 밤'이 오도록 설정했던 것이다. 이렇게 명석함과 혼돈의 극인 《1Q84》는 현 《1Q84》로 하나의 완결을 보게 된다.

예정에 없던 두 가지 사건

그러나 만약 이 소설이 이렇게 쓰인 것이라면 이야기는 아직 끝나지 않은 것이 아닐까? 내가 이 작품이 '미완'이라고 하는 것은 그런 뜻에서다. 지금 상태로는 아오마메의 스토리가 끝난 것이 아니다. 한때 정의에 몸을 불사르며 사람을 살해하던 인간이 그 정의에서 떠난 후 어떻게 살아갈 수 있는지를 막 이야기하던 상태에서 멈췄기 때문이다. 나는 당연히 무라카미가 BOOK 4를 어느 정도는 구상했고, 어쩌면 일부 집필했을 것이라고 생각한다. 그런데 그는 그만두었다. 혹은 중단했다.

나의 추측에 지나지 않지만, 이 소설은 처음부터 3부로 된 현《1Q84》를 최종적인 형태로 구상되었다. 그런데 예정에 없던 두 가지 사건으로 현재의 형태, 즉 '원'과 '현'이라는 한 쌍의 존재로 굳어진 것이 아닐까 생각한다.

한 가지 사건은 2009년 2월 예루살렘상 수상 연설에서 밝힌 아버지의 죽음이다. 그는 시상식에서 "나의 아버지는 작년 여름에 아흔 살로 돌아가셨습니다"라고 말한 후, 자신에게 아버지가 어떤 존재인지를 밝혔다. 사적인 일을 언급하지 않는 그로서는 이례적인 일이었다. 이 소설은 2009년 5월에 BOOK 1, 2로 이루어진 원《1Q84》로 출간되었으니, 소설가는 이 소설을 한창 집필하던 중에 아버지의 죽음과 조우했던 것이다. '아버지와 아들'이란 주제는 1999년 이후 그의 작품을 움직이는 큰 요인이었다. 내 생각에, 이 사건은 이 소설의 주인공이 병상에 있는 아버지 앞에서 자기 고백을 하는 것으로 끝나는 원《1Q84》의 형태에 계획 변경을 초래하지 않았나 싶다.

또 한 가지 사건은 2010년 4월 BOOK 3의 출간으로부터 약 일 년 후에 발생한 동일본 대지진이다. 대해일과 원전 사고로 인한 복합적인 피해도 일어났다. 이 사건이 무라카미에게 BOOK 4를 출간할 마음을 일시적으로 혹은 영원히 중단시키지 않았을까 생각한다.

BOOK 3의 마지막은 속편을 예감케 하는 형태로 끝난다. 덴고와 아오마메는 처음에 아오마메가 위에서 내려왔던 비상계단을 함께 아래에서 위로 올라가 '1Q84'의 세계로부터 현실 세계로 돌아온다. 그 현실 세계에서는 원래 세계와 에소Esso 광고 간판의 호랑이 모습이 반전되어 있어 호랑이가 반대 방향을 향하고 있었다. 따라서 그 세계 또한 현실이 아닌 '1X84'일 가능성이 시사된다.

또 그 미결감은 BOOK 3의 말미에 BOOK 1, BOOK 2와 같이 "BOOK 3 끝"이라는 표시밖에 없다는 점, 세 권의 《1Q84》에 표시된 달이 4월에서 12월까지밖에 없어 아직 1월에서 3월이 남아 있다는 점 등으로도 짐작할 수 있다. 아니, 앞에서 언급한 아오마메의 이야기가 끝나지 않았다는 이유로 이 소설은 애당초 BOOK 3에서는 끝날 수 없는 것이다.

남은 이야기

이제 어떤 문제가 남았을까?

이 소설을 젊은 사람들과 읽었을 때 한 여학생이 이런 질문을 했다. 버드나무 저택의 노부인과 선구의 리더 중 어느 쪽이 악인인가? 선구는 사람을 죽이지 않는다. 그들의 유아 능욕에는 비밀스런 종교 의식의 의미가 담겨 있다. 그러나 노부인은 의도적인 살해를 목표로 한다. 자신이 정의라고 생각하고 있다. 그럼 노부인 쪽이 '악'인 것은 아닌가?

노부인은 이렇게 말하면서 아오마메에게 협력을 의뢰한다. "지극히 악질적인 DV 상습범이 있다 치고 모든 요소를 일일이 공정하고 엄밀하게 검토해서, 그가 자비를 베풀 만한 여지가 없다는 결론에 도달했을 때에만 나는 행동한다. 우리는 각자에게 소중한 사람을 불합리한 형태로 잃었고 깊이 상처 입었다. 그 상처는 절대 치유되지 않는다. 그러나 마냥 가만히 앉아서 상처를 바라볼 수만은 없다. 일어나 행동에 옮길 필요가 있다. 개별적인 복수가 아니라 보다 광범위한 정의를 위한 일이다."

이때 아오마메는 생각한다. 이 사람은 하나의 광기 속에 있다고. 머리가 돈 것도, 정신질환을 앓고 있는 것도 아니었다. 오히려 정신은 안정돼 있었다. 그러나 거기에는 '정당한 편견'에 가까운 무언가가 있었다. 그럼에도 그녀는 승낙한다.

지금 여기서 광기나 편견에 몸을 맡겨 내 몸이 파멸에 이르거나
이 세계가 완전히 사라진들, 내가 잃을 것이 뭐가 있을까.

《1Q84》BOOK 1

아오마메의 둘도 없는 친구 오쓰카 다마키는 남편의 가정
폭력으로 세상을 떠났다. 아오마메는 도저히 용서할 수 없는
심정에 다마키의 남편을 이미 살해한 상태다. 그러나 지금 그
일은 제쳐놓겠다.

노부인은 "망설일 것 없다", "우리는 옳은 일을 했다"라는 말
을 입버릇처럼 한다. 이 사람은 정의로운 사람이지만, 아오마메
가 마지막 살인에 가담하는 이유는 가령 정의가 광기든 편견
이든, 또 그 실현으로 자신의 몸이 파멸되든, 이 세계가 사라지
든 자신은 이미 잃을 것이 없기 때문이다.

그러나 그 후 그녀에게 잃을 것이 생긴다. 덴고, 그리고 그녀
의 자궁 속에서 느껴지는 작은 생명. 아오마메는 이제 살인을
저지르지 않는다. 저지를 수도 없다. 그녀는 이제 노부인의 광
기에 가까운 정의에도 흔들리지 않는다.

《1Q84》BOOK 3이 끝난 지금, 간단하게 말해서 이런 질문
이 남는다. 그렇다면 정의를 따라 살인을 저질렀던 자는 그 정
의에서 벗어났을 때 어떻게 살아갈 수 있는가?

무라카미가 《해변의 카프카》에서 '세계에서 가장 손상된 존

재는 어떻게 회복될 수 있는가' 하는 질문에 부딪혔던 것처럼, 여기서는 세계를 뒤흔드는 이런 질문에 봉착해 있다. 그리고 나는 이에 답하는 곳까지 가지 않으면 무라카미는 이 소설을 다 썼다고 할 수 없을 것이라고 생각한다.

아오마메는 사람을 죽였다. 사람을 죽인 아오마메가 어떻게 하면 그 후 덴고와의 사랑 속에서, 어쩌면 리더의 씨앗일 수도 있는 아기와 함께 살아갈 수 있을까? 쓰여야 하는 이야기는 그 것이다.

갑자기 주위가 시끌시끌해진다. 라디오가 지직거리고 일본어 외에도 뜻을 알 수 없는 외국어가 섞인다. '자폭 테러' 등의 말도 들린다. 정의란 무엇인가? 우리는 전쟁을 할 때에는 서로를 죽인다. 전쟁이 끝나면 평소의 세계로 돌아간다. 전쟁이 끝난다는 것은 어떤 의미에서 정의라는 마법이 풀렸다는 뜻이다. 이렇게 생각해보면, 정의의 마법이 풀린 후의 세계로 내던져진 아오마메의 운명은 우리와 그렇게 멀지 않다는 것을 알 수 있을 것이다.

거대한 주제와 조그만 주제
― 후쿠시마 원전 사고 이후의 전개

원전 사고와 카탈루냐 연설

2011년 3월 11일, 《1Q84》BOOK 3 출간 이후에 찾아온 것은 1995년의 한신 아와지 대지진과 옴 진리교 사건보다 한층 규모가 큰 후쿠시마 제1원전의 참혹한 사고였다. 그 때문인지는 모르겠지만, 항간에서 소문으로 떠돌았던 BOOK 4의 출간은 없었고, 《1Q84》는 BOOK 3의 체제로 2011년 9월 영역본이 출간된다. 그렇게 속편은 없는 것으로 결정 났다.

원전 사고 직후, 「뉴요커」는 일본을 대표하는 소설가로서 오에 겐자부로와 무라카미 하루키에게 기고를 의뢰했다. 그러나 같은 해 3월 18일자로 원전 사고를 다룬 표지에 실린 글은 오에 겐자부로의 「르 몽드」 인터뷰 기사와 1995년 지진과 관련된 무라카미의 단편 〈UFO가 구시로에 내리다〉의 2001년 3월 영역의 재록再錄이었다. 두 사람은 사고 직후에 이 잡지의 의뢰에 응하지 않았다. 구독자들은 가벼운 실망을 느꼈을 것이다.

원전 사고에 대한 무라카미의 생각은 그로부터 석 달 후, 6월 9일에 거행된 스페인의 카탈루냐 국제상 수상 연설에서 처음 드러났다. 그때 무라카미는 이번 원전 사고가 일본인들이 지금까지 키워온 윤리와 규범을 뒤흔든 사건이라고 말했다. 왜냐하면 일본인은 역사상 유일하게 핵폭탄이 투하된 경험을 갖고 있어 핵의 두려움을 누구보다 잘 알고 있을 텐데, 알게 모르게 핵에 대한 거부감이 마비되어 지진이 많은 이 좁은 섬나라가 세계에서 세 번째로 원전이 많은 나라가 되었다는 것이다. 더불어 원폭 피해자의 고통을 함께하는 연대감을 잊은 것은 '효율' 신앙 때문이라고 했다.

우리 일본 사람들은 핵에 대해서 지속적으로 '노'라고 말했어야 했습니다. 이것이 나의 견해입니다.

우리는 국가적인 차원에서 기술력을 결집하고, 또 갖고 있는 모든 예지를 결집하고, 사회 자본을 쏟아 부어 원자력 발전을 대체할 수 있는 유효한 에너지 개발을 추구했어야 했습니다. 가령 전 세계가 원자력만큼 효율이 좋은 에너지는 없다며 그것을 사용하지 않는 일본을 어리석다고 비웃을지언정, 우리는 원폭 체험으로 각인된 핵에 대한 알레르기를 어떤 것과도 타협하는 일 없이 계속 유지했어야 했습니다. 핵을 사용하지 않는 에너지 개발을 전후의 중심 명제로 삼았어야 했습니다.

그것은 히로시마와 나가사키에서 죽어간 수많은 희생자들에 대해 우리가 집합적으로 책임지는 형식이 되었을 겁니다. 일본에는 그런 근간이 확실한 윤리와 규범, 사회적 메시지가 필요했습니다. 그리고 그것은 우리 일본 사람들이 세계에 공헌할 수 있는 큰 기회가 되었을 겁니다. 그러나 급속한 경제 발전의 과정에서 '효율'이라는 안이한 기준에 휩쓸려 그 중요한 길을 우리는 잃어버리고 만 겁니다.

그의 메시지 중에서 가장 구체적이고 명확한 이 부분은 수많은 독자의 심금을 울렸을 테지만, 이것은 물론 소설이 아니다. 이것이 3·11 대지진과 원전 사고에 대한 그의 생각이었다면, 그의 다음 소설은 어떤 형태가 될 것인가? 소설가와 소설의 관계는 그렇게 직접적이지 않으므로 이렇게 묻는 것 역시 상당히 난폭한 일이 될 수도 있겠지만, 이런 기대의 지평이 생겨난 것은 분명하다. 여기서 주의를 끄는 것은 이런 생각이 무라카미의 머리에 그때 처음 떠오른 것은 아니라는 점이다.

무라카미는 이미 1997년에 이와 거의 유사한 내용의 글을 썼다. 《애프터 다크》를 출간한 후, 《무라카미 아사히도는 어떻게 단련되었나》라는 에세이집을 발표할 당시에 덧붙인 한 원고에 이렇게 썼다.

현재 우리가 안고 있는 가장 중요한 과제 중 하나는 (중략) 원자력 발전을 대신하는 안전하고 깨끗한 새로운 에너지원의 개발을 실현하는 것이다. 물론 이는 손쉬운 목표가 아니다. (중략) 그러나 일본이 정상적인 국가로서 시대를 올곧게 살아갈 수 있는 길은 극단적으로 말하면 '이제 이 길 정도밖에 없지 않을까' 하고, 5년 동안 일본을 떠나 사는 동안 나는 절감했다.

〈워크맨을 나쁘게 말하려는 건 아닙니다, 그러나〉

그는 또 이렇게 썼다. "반핵 운동이나 프랑스 와인 불매 운동도 좋지만 기술적으로 원자력을 없앨 수 있는 시스템 만들기에 성공한다면, 일본이라는 국가의 무게가 현실적으로, 역사적으로 크게 달라질 것이다. 역시 일본은 하나의 지구, 인류를 위해 큰 보탬이 되는 일을 한 셈이 된다. 그것은 유일한 피폭 국가인 일본의 국가적 비원이기도 할 것이다."

이때만 해도 그렇게 하는 것이 "히로시마와 나가사키에서 죽어간 수많은 희생자들에 대해 우리가 집합적으로 책임지는 형식이 되어야" 한다고까지는 쓰지 않았지만, 당시 그런 생각을 염두에 두었을 것이란 점은 '국가적 비원'이라는 그답지 않은 언어 사용에서 엿볼 수 있다.

무라카미는 카탈루냐에서 앞선 내용과 같이 말한 후 '손상된 윤리와 규범의 재생'은 우리 모두의 일이지만, 언어에 관련된 자들도 관여할 수 있는 여지가 있을 것이라면서 새로운 윤리와 규범을 새로운 언어와 연결하는 것, 그리고 거기에 생기에 찬 새로운 이야기의 싹을 틔워 키워가는 것이 자신들의 일일 것이라고 말하기도 했다.

작은 주제와 큰 주제

나는 3·11 원전 사고 이후 무라카미는 이 말의 연장선상에 있다고 생각한다. 3·11 원전 사고가 《1Q84》 BOOK 4의 전개를 중단케 했다는 나의 가설에 입각해보면, 이렇게 '큰 주제'를 다루지 않고는 앞에서 언급한 《1Q84》의 다 쓰지 못한 '큰 주제'의 의미가 어떻든 뒤이어 완결되는 일은 앞으로 절대 없을 것이라고 생각되기 때문이다.

그러나 내 생각에 그는 늘 자기 무의식의 어둠을 응시하는 '작은 주제'를 밑바닥까지 파 내려가 '큰 주제'에 도달하는 나쓰메 소세키 형 소설가다. 소세키는 평생 남녀의 삼각관계라는 작은 주제에서 시작해 인간에게 공통되는 깊고 큰 주제에 이르는 방식을 포기하지 않았다.

그런 무라카미에게 《1Q84》를 중단하게 한 3·11 원전 사고는 하나의 과제를 주었다고 해도 무방하다. 새로운 윤리와 규범을 새로운 언어와 연결하는 '집합 작업'이란, 여기서 큰 주제의 개입을 의미한다. 그가 이야기에 투신하는 것은 애당초부터 뭘 쓸지 모르는 채 몸을 내던지는 것이었다. 선험적인 목표는 불필요하다기보다 오히려 방해가 된다. 그런 의미에서 원전 사고는 앞선 옴 진리교와 마찬가지로, 아니 그것보다 훨씬 복잡한 시련을 그에게 주는 것이기도 했다.

이제 큰 주제에 대해 말해보기로 하자. 개인적인 경험담이다. 2013년 가을쯤이었다고 생각한다. 무라카미 하루키의 노벨 문학상 수상 가능성의 여파로 나는 그해 어느 신문사에서 수상 발표를 기다리고 있었다. 만약 무라카미의 수상이 결정되면 그 자리에서 바로 행해질 대담에 참여하기 위해서였다.

그런 자리에 참여하기는 처음이었는데, 그때 그 방은 무라카미의 수상에 대비한 준비실의 양상을 띠고 있었다. 정보들이 신문사 스태프 앞에 놓인 컴퓨터 화면에 시시각각 날아들었다. 영국 북메이커(베팅업체)의 배당률 변화에 기자들은 소리를 지르며 일희일비했다. 그런데 갑자기 그들도 마크하지 못한 새로운 얼굴이 급부상했다. "누구지?" 하고 모두들 술렁거렸다. 귀에 선 이름. 누구도 잘 몰랐다. 스베틀라나 알렉시예비치. 1986년 소련의 원전 사고 희생자들과 유족들의 그 후를 추적해 《체르노빌의 목소리—미래의 연대기》를 쓴 벨라루스의 작가다. 그런데 나 자신도 예기치 못하게, 그 순간 나는 그녀가 노벨 문학상을 받아야 한다는 생각이 강하게 들었다.

나는 노벨 문학상에 큰 의미를 두지 않는다. 물론 방관자가 제멋대로 하는 소리다. 그러나 만약 세계의 이목을 모으는 노벨 문학상이라는 이벤트에 의미가 있다면, '저런 문학적 영위야말로 세계의 상찬이 쏟아져야 한다'고 여겨지는 작품에 그것이 주어질 때일 것이라고 생각한다. 그런 것이 큰 주제다.

우연이지만 나는 그전에 스베틀라나 알렉시예비치의 그 책을 읽었다. 그리고 큰 감동을 받았다. 내가 만약 거대 미디어의 편집자라면 이 작가를 꼭 일본에 초대해 《고해정토》를 쓴 이시무레 미치코 씨와의 대담을 성사시키고 싶었다. 《고해정토》는 소설가 이케자와 나쓰키가 편집한 세계문학전집에 '딱 한 편 일본 문학에서 골라 넣는다면'이라는 전제하에 그 한 권으로 선택되었을 만큼 역작이다. 가와바타 야스나리도 아니고, 아베 코보, 오에 겐자부로, 무라카미 하루키도 아니다. 과연 놀라운 식견이라 하지 않을 수 없다.

그렇다면 무라카미가 앞으로 해야 할 일은 무엇인가? 그것은 《1Q84》를 중단시킨 것, 새로운 문제의 출현, 그리고 카탈루냐에서 자신이 언급한 방향이 시사하는 것이어야만 한다. 그것이 그에게는 큰 주제이기 때문이다.

본질적으로 소설가는 자신이 있는 곳에서 가장 자기력이 강한 큰 주제에 이끌린다. 절대적인 고독, 파스칼이 말하는 흔들리는 갈대 같은 불안함을 지니고 있어야 한다. 또 실제로 지니고 있기도 하다. 오에도 그렇게 《히로시마 노트》와 《오키나와 노트》를 썼다. 무라카미도 그런 자세를 1997년 《애프터 다크》를 통해 보여주며 세상을 깜짝 놀라게 했다.

다시 말하지만 나는 노벨상 따위는 누가 받든 상관없다. 그러나 무라카미가 그런 상을 받게 되는 날이 온다면, 그가 스베틀라나 알렉시예비치나 이시무레 미치코 씨의 작업에 필적할 만한 일에 착수했을 때라고 생각한다. 《세계의 끝과 하드보일드 원더랜드》, 《노르웨이의 숲》, 《태엽 감는 새 연대기》, 《해변의 카프카》에 이어지는 작품, 그리고 자신의 문제에서 시작해 시대의 첨단에 이르는 작품. 무라카미는 《1Q84》에서 중동 문제까지 다루며 세계를 뒤흔드는 큰 주제에 손을 댔지만 몇 가지 이유 때문에 완수하지 못했다(소설상의 이유는 아오마메를 '정의'와의 만남 전에 개인적 원한으로 살인을 하게 한 점일 것이다. 그러나 이를 치명적인 이유라고 할 수는 없다. 역시 3·11 원전 사고의 충격이 크다).

그러나 소설가는 종국에는 자신과 시대가 겹치는 지점에서 작품을 남긴다. 그가 카탈루냐에서 말했던 것처럼, 그렇게 함으로써 같은 사회와 세계를 함께 사는 사람들과의 '대대적인 집합 작업'의 일익으로 이어질 것이다. (결국 2015년 노벨 문학상 수상자는 스베틀라나 알렉시예비치로 결정되었다. 감회가 없다고 할 수 없다.)

색채가 없는 다자키 쓰쿠루와 그가 순례를 떠난 해

다음 본격 장편이 발표된다면, 이전의 리듬을 따라 《1Q84》 BOOK 3에서 7년 후인 2017년경이 될 것이다.* 그 사이의 작품은 어쩔 수 없이 중간 시도적인 성격을 띠지 않을 수 없다.

무라카미는 《1Q84》 이후 지금까지 3·11 대지진과 원전 사고를 경험하며 소설 두 편과 소설 외 작품을 두 편 출간했다. 소설 외 작품은 3·11 사고 후에 연주가 오자와 세이지와 대담한 것을 정리한 《오자와 세이지 씨와 음악을 이야기하다》(2011년), 그리고 그로서는 처음으로 자신의 집필에 관해 쓴 《직업으로서의 소설가》(2015년)로, 둘 다 힘이 담긴 산문이다.

소설은 짧은 장편 《색채가 없는 다자키 쓰쿠루와 그가 순례를 떠난 해》(2013년), 그리고 《도쿄 기담집》 이후 9년 만에 낸 연작 단편집 《여자 없는 남자들》(2014년)인데, 이 작품들을 읽어보면 지금 그가 직면한 소설 집필 상의 문제가 무엇인지 그 골격이 드러나 보인다.

우선 《색채가 없는 다자키 쓰쿠루와 그가 순례를 떠난 해》는 2014년 4월 출간 전에 이미 50만 부가 예약 판매되며 베스트셀러가 되었다. 그 영역본 역시 「뉴욕 타임스」의 베스트셀러 리스트에 2주 연속으로 하드커버 픽션 부문 1위에 오르는 등

실제로 2017년 2월 그의 새로운 장편 소설 《기사단장 죽이기》가 일본에서 출간되었다.

호평을 얻었다. 그러나 작은 주제와 큰 주제의 어긋남을 느끼게 하는, 무라카미로서는 흔치 않은 작품이 되었다. 마치 강속구라기보다 공을 '두러 가는' 폴리티컬 커렉트 작품이었다.

무라카미는 이 소설을 3·11 사고에 답하는 첫 작품으로 썼을 것이라 짐작된다. 주인공이 재난을 당하고 그것으로부터 회복하는 이야기가 16년의 세월을 오가는 '순례'의 시간으로 구성되는데, 1995년 지하철 사린 사건과 2011년 3·11 사고의 16년이라는 시간과 정확하게 겹치는 점, 게다가 주인공의 시련 이야기에 이 시간의 기점과 종점을 이루는 대지진과 원전 사고는 나타나지 않는 점으로 분명하게 알 수 있다.

이 소설은 일본 사회에 발생한 대지진과 원전 사고, 그것으로부터의 회복이라는 이야기 대신에 이유가 밝혀지지 않은 채 친구들의 공동체로부터 갑자기 배제된 다자키 쓰쿠루의 절망, 그리고 회복의 시도라는 시련을 그린다.

스토리는 이렇게 진행된다. 주인공 다자키 쓰쿠루는 서른여섯 살로 현재 도쿄 철도회사에서 역사 설계를 담당하고 있다. 대학에 진학하기 전에는 나고야에 살았으며 고등학교 시절 네 명의 친구와 늘 함께였다. 그런데 스무 살 무렵인 대학교 2학년 7월부터 이듬해 1월에 걸쳐 '거의 죽음만 생각하며 사는' 가혹한 경험을 한다. 짐작되는 아무런 이유가 없는데 네 명의 친구로부터 관계를 단절당해 세계가 일제히 문을 닫아버린 듯한 나락에 떨어진다.

그는 그 후 간신히 재기해 서른여섯 살 때 여행사에 근무하는 두 살 아래의 기모토 사라를 만나 그녀에게 끌린다. 그녀는 그의 인격 속에 타인을 거부하는 가이드라인 같은 것이 있다고 지적하고, 그는 그것이 스무 살 때 겪은 가혹한 경험의 후유증이라고 생각한다. 소설은 그 지점에서부터 회복을 향해, 그 연원으로 거슬러 올라가기 위해 그가 시도하는 16년 전 과거로의 '순례'를 그린다. 그러나 사라가 지적한 후유증이란 쓰쿠루가 스무 살 때 당한 그 재난 이후로 사람과의 깊은 관계를 두려워하고, 무방비하게 자신을 드러냈다가 상처 입지 않으려고 '무조건적으로 마음을 열지 않는' 인간이 된 것을 가리킨다.

즉 이 소설에서 무라카미는 다시 2005년 〈시나가와 원숭이〉를 거쳐 2009년의 《1Q84》 BOOK 2의 말미에서 덴고가 '나는 지금 무조건적으로 사람을 사랑하지 못하는 인간이 된 게 아닐까' 하고 자문하는 장면으로 다시 돌아가게 된다. 그것이 현시점에는 8년 넘게 그를 사로잡고 놓아주지 않는 소설가로서의 작은 주제인 것이다. 사실, 이 작품에서도 쓰쿠루는 이렇게 말한다.

그때의 공포심을 나는 지금도 계속 갖고 있어. 나라는 존재가 느닷없이 부정당하고, 그럴 만한 기억도 없는 채 홀로 밤바다에 내던져진 두려움 말이야. 아마 그 때문에 나는 사람들과 깊이 관계할 수 없게 된 거겠지. 타인과 늘 일정한 거리를 유지하게 된 거겠지.

또 이런 문장도 있다.

쓰쿠루는 사라를 사랑한다고 생각한다. 그녀와 결혼해도 좋다고 느낀다. 누군가에게 그토록 강한 감정을 품은 것은 아마 처음일 것이다.

쓰쿠루는 핀란드에서 옛 친구 구로(구로노 에리)를 만나 "너는 그녀를 반드시 잡아야 해"라는 강경한 조언을 듣는다. 그리고 귀국해서 사라에게 "너를 진심으로 좋아하고, 너를 갖고 싶어"라고, 지금까지 누구에게도 애써 하지 않았던 말을 한다. 이 소설은 그가 마지막에는 불안에 떨면서 무방비 상태로 사라의 대답을 기다리는 장면으로 끝난다. 지금까지 〈시나가와 원숭이〉의 주인공 미즈키와 《1Q84》의 덴고가 끝내 하지 못했던 하나의 '작은' 커미트먼트, 즉 자신의 몸을 던져 타자를 부르고 고백하고 증여를 행하는 장면이 이 소설의 종점인 것이다.

그렇다면 카탈루냐 연설에 등장한 큰 주제는 어떻게 되었을까? 이 소설은 이 커미트먼트가 쓰쿠루가 과거에 잃었던 공동체의 새로운 '재생'으로 이어지는 것임을 암시하면서 끝난다. 쓰쿠루는 사라의 조언에 따라 16년 전에 그를 거부한 옛 친구들을 만나기 위해 먼저 나고야로 간다. 그리고 마지막으로 핀란드에서 도예가로 활동하는 구로를 만나는데, 귀국하면 나고야의 옛 친구들을 간간이 만나면 좋을 것이라는 조언을 듣는다. 그 화해와 공동체의 재생을 암시하듯이, 소설에서는 쓰쿠루가 구로에게 대답하려 한 마지막 말이 독자 앞에 밝혀진다.

"모든 것이 시간의 흐름으로 지워진 것은 아니야." 그 말이 쓰쿠루가 핀란드의 호반에서 에리와 헤어질 때 전했어야 하는 말 — 하지만 그때는 하지 못했던 말이었다. "우리는 그 무렵 무언가를 굳게 믿고 있었고, 무언가를 굳게 믿을 수 있는 자신감을 갖고 있었어. 그런 마음이 고스란히 어딘가로 허망하게 사라지는 일은 없어."

과거의 연대감이 남아 있는 한 공동체의 재생은 가능하다. 그런 큰 주제로 나아가는 메시지가 마지막에 부상한다. 그리고 그것이 이 소설에서 큰 주제와 관련된 커미트먼트이기도 하다. 그러나 내 생각을 말하자면 공동체의 재생을 확신하는 말은 이 소설에 뿌리를 내리고 있지 않다. 붕 떠 있다. 때문에 이 소설에 대한 감상이 시간의 흐름에 따라 김빠진 사이다처럼 색채를 잃어간다. 더 신랄하게 말하면, 여기서 무라카미는 오래도록 끈질기게 저항해온 선험적인 폴리티컬리 커렉트적인 것에 지고 말았다. 큰 주제와 작은 주제가 이어지지 않는다고

나 할까? 여기서 큰 주제, 즉 미래지향적인 일본이라는 공동체의 재생을 암시하는 말은 알리바이처럼 여기 놓여 있는 탓에 오히려 이 작품의 작은 주제가 지닌 진정성에 대한 신뢰를 손상하는 결과마저 초래하고 말았다.

여자 없는 남자들

이 시도에 이어 무라카미는 다시 새로운 기획에 착수했다. 다음으로 쓴 것은 〈드라이브 마이 카〉로 시작되는 일련의 연작 단편들로, 이를 정리한 단편집이 《여자 없는 남자들》이라는 제목으로 일 년 후인 2014년 4월 출간되었다.

이 책에서 백미는 뭐니 뭐니 해도 〈기노〉라는 작품이다. 이 작품만 유독 다른 작품과 동떨어져 있다. 이유는 명백하다. 이 작품에서 무라카미는 전작에서와 마찬가지로 작은 주제에 끌려가면서도 그 손을 놓지 않고 숨을 멈춘 채 물속 깊숙이 침잠하려 하고 있다.

〈기노〉는 이런 이야기다. 주인공 기노는 스포츠 용품을 판매하는 회사에 다니고 있다. 어느 날 아내가 기노의 가장 친한 동료와 불륜을 저지른 것을 알게 되어 다음 날 회사를 그만두고 아내와도 이혼한다. 그는 도심의 한적한 주택가 외진 한 모퉁이에서 술집을 시작한다. 그러다 기괴한 사정이 생겨 가게 문을 일시적으로 닫고 본의 아니게 지방을 떠돌게 된다.

술집을 개점하고 얼마 후, 토지의 정령처럼 나타나 단골이 된 가미타가 그때 이렇게 말한다. "가게 문을 닫지 않을 수 없게 된 것은 이 장소에 많은 것이 결여되었기 때문이다. 그 이유는 기노에게 있다. '옳지 않은 일을 하지 않는 것'만으로는 부족하기 때문이다. '그런 공백을 샛길로 이용하는 방법'도 있다. 알기 어려울지 모르겠지만."

"그 점을 잘 생각해보세요." 가미타는 기노의 눈을 똑바로 보면서 말했다. "깊이 생각해볼 필요가 있는 중요한 문제입니다."

(중략)

"가미타 씨 말은 내가 무슨 옳지 않은 일을 해서가 아니라, 옳은 일을 하지 않았기 때문에 중대한 문제가 생겼다는 건가요?"

기노는 그렇게 되묻는다. 여기서 '옳지 않은 일을 하는 것(부정을 저지르는 것)'과 '옳지 않은 일을 하지 않는 것', 또 '옳은 일을 하지 않는 것'과 '옳은 일을 하는 것' 등의 네 가지 범주가 모습을 보인다. 그리고 '신의 논'이라는 뜻의 이름을 가진 신비로운 손님 가미타는 기노에게 "당신은 '옳지 않은 일'은 하지 않았지만 '옳은 일'도 하지 않았다. 그래서는 부족하다"고 말한다.

이 말을 듣고 기노는 생각한다. 아내의 불륜을 알았을 때, 또 그 일에 대해 아내가 사과했을 때 그는 늘 자신이 하는 방식, 그에게 어울리는 방식으로 대응했다고.

출장을 갔다가 예정보다 하루 일찍 집에 돌아왔더니 아내와 그 남자가 알몸으로 침대에 있는 것이 보였다.

아내가 쭈그리고 앉은 꼴로 위에 있었기 때문에 문을 열었을 때 기노는 그녀와 얼굴을 마주하게 되었다. 위아래로 크게 흔들리는 그녀의 예쁜 젖가슴이 보였다. 그는 그때 서른아홉 살, 아내는 서른다섯 살이었다. 아이는 없다. 기노는 고개를 떨구고 침실 문을 닫았다. 그리고 일주일 치 빨래가 담긴 여행 가방을 어깨에 멘 채로 집을 나서서 두 번 다시 돌아가지 않았다. 그리고 다음 날 회사에 사직서를 제출했다.

또 마지막에 이혼이 정식으로 성립되었을 때 가게로 찾아온 아내와의 대화는 이렇다.

"당신에게 사과를 해야겠지." 아내는 말했다.

"무엇에 대해서?" 기노는 물었다.

"당신에게 상처를 준 것에 대해서." 아내는 말했다. "상처 입었잖아. 조금은."

"그렇지." 기노는 잠시 머뭇거리다가 말했다. "나 역시 인간이니까, 상처는 입지. 조금인지 많이인지, 그 정도까지는 잘 모르겠지만."

기노는 그렇게 대답한다. 그러나 그것은 '옳은 일'이 아니었다. 그리고 가게를 접은 후, 저주에 쫓겨 구마모토의 비즈니스 호텔까지 내려가자 — 누군가가 그의 방문을, 이어 유리창을 똑똑 두드린다 — 기노는 그때 자신의 대답, 아내에게 했던 대답을 다시 생각하게 된다.

하지만 그것은 사실이 아니다. 적어도 절반은 거짓말이다. 기노는 인정했다. 나는 상처 입어야 할 때 충분히 상처 입지 않았다. 진정한 아픔을 느껴야 할 때 중요한 감각을 억누르고 말았다. 그 통절함을 떠안고 싶지 않아서, 진실과 정면으로 마주하기를 회피하고, 그 결과 이렇게 알맹이 없는 텅 빈 마음을 줄곧 껴안고 있게 되었다.

집에 돌아와 보니 아내가 가장 친한 회사 동료와 불륜을 저지르고 있었다. 그는 바로 그 자리에서 한껏 상처를 입었어야 했다. '진짜 아픔'을 느꼈어야 했다. 그 아픔을 떠안고 진실과 정면으로 마주하는 것, 그것이 '옳은 일을 하는 것'이었다. 그러나 그것을 회피했다. 그 결과 '알맹이 없는 텅 빈 마음'을 껴안게 되었다.

이 마지막 말은 《색채가 없는 다자키 쓰쿠루와 그가 순례를 떠난 해》의 주인공이 핀란드에서 다음과 같이 술회한 장소로 우리를 데려간다. 그는 구로에게 말한다.

"그런데 난 자신감을 가질 수가 없어."

"왜?"

"내게는 자신감이란 게 없기 때문이야. 이렇다 할 개성도 없고, 선명한 색채도 없고. (중략) 그게 오래전부터 나의 문제였어. 나는 늘 나 자신을 텅 빈 그릇 같다고 느껴왔어."

과거의 다자키 쓰쿠루처럼 기노 역시 '그 아픔을 떠안고 싶지 않아서' 상처 입지 않으려 한다. 진실과 정면으로 마주하기를 회피하기 위해서다. 진실이란 무엇인가? 우리는 알고 있다. 쓰여 있지 않아도 우리는 알고 있다. "내게 가장 절실한 문제는 지금까지 누구도 진지하게 사랑하지 못한 것이라고 생각한다. 태어나서 지금까지 나는 무조건적으로 사람을 좋아해본 적이 없다"라는 덴고의 고백을 말이다.

〈기노〉의 마지막에는 묵시록적인 울림이 있다.

똑똑, 똑똑, 그리고 또 똑똑. 눈을 돌리지 말고 나를 똑바로 쳐다봐요. 누군가가 귓가에 그렇게 속삭였다. 이것이 당신 마음의 모습이니.

초여름 바람에 버드나무 가지가 살랑살랑 흔들리고 있었다.

기노는 생각한다.

그렇다. 나는 상처 입었다. 그것도 아주 깊이. 기노는 스스로를 향해 그렇게 말했다. 그리고 눈물을 흘렸다.

무라카미의 작은 주제는 여기서 하나의 여정을 끝냈다고 해야 할까? 생각해보면 2005년 〈시나가와 원숭이〉 때부터 이 주제에 매달려, 《1Q84》에 이어 《색채가 없는 다자키 쓰쿠루와 그가 순례를 떠난 해》를 거쳐, 9년 후 2014년 〈기노〉에서 드디어 종점에 도달한다.

그러나 과연 그런가? 이와 유사한 대화를 우리는 이미 예의 스마트한 디태치먼트 전기 이후, 《양을 둘러싼 모험》에서도 《노르웨이의 숲》에서도 듣지 않았던가. 다른 점은 전에는 그 대화들이 쿨하게 오가고 쿨하게 읽혔지만, 지금은 그렇지 않다는 것뿐이다.

영혼의 가장 밑바닥에서 다자키는 이해했다. 사람의 마음과 사람의 마음은 조화롭게만 연결되어 있지 않다. 그것은 오히려 상처와 상처에 의해 보다 깊게 연결된다. 아픔과 아픔으로, 위태로움과 위태로움으로 이어져 있다. 비통한 외침이 울리지 않는 고요함은 없으며, 땅에 피 흘리지 않는 용서는 없고, 통절한 상실을 감수하지 않는 수용도 없다. 그것이 진정한 조화의 근원에 있는 것이다.

그러나 여기에 아직 큰 주제는 모습을 보이지 않는다. 아직은 땅속 깊은 곳에서 마그마처럼 용트림을 하고 있기 때문이다. 우리가 그것을 볼 수 있는 날은 좀 훗날일 것이다.

무라카미 하루키에게
바라는 것이 있다면

그동안 무라카미 하루키의 장편과 단편에 대해서 망라적인 책을 몇 권 썼다. 죽 훑어보면 이렇다.《무라카미 하루키 옐로 페이지》두 권,《무라카미 하루키의 단편을 영어로 읽다 1979~2011》세 권, 그 외에 여기저기 산발적으로 쓴 글을 묶어 책으로 출간한 것이 대여섯 권 된다. 첫 책에서는《바람의 노래를 들어라》에서《해변의 카프카》까지 열 편의 장편을, 그다음 책에서는 모든 단편을 훑었다. 하지만 의도한 일은 아니었다.

무라카미 하루키의 새로운 책이 나오면 읽게 된다. 그러고는 어떤 자극을 받아 글을 쓴다. 그 축적이 이런 결과를 낳은 것이다. 그렇게 부지런하거나 인내심 많은 독자가 아닌 나로서는 이처럼 지속적으로 읽게 되는 소설가, 특히 동시대의 소설가는 드물다.

언제부터였나, 그 이유를 한번 생각해보려 했다. 나는 아주 젊은 시절에는 오에 겐자부로를 추종한 경험이 있는데, 동시대인 무라카미와의 관계는 그렇지 않았다. 소설가와 독자의 관계를 유지하고 있다. 이 소설가를 아는 독자, 모르는 독자, 좋아하는 독자, 질색하는 독자, 그렇게 다양한 독자들이 똑같이 공평하게 읽을 수 있는 한 권, 그런 책이라면 세상에 한 권 정도 있어도 좋지 않을까? 산의 전체 모습을 바라보면서, 이 한 가지 질문을 집요하게 좇으며, 최단 거리의 능선을 따라 이 힘 있는 소설가를 논한다. 그런데 처음에는 좀처럼 계기를 찾을 수 없었다. 한동안 적당한 때를 기다리는 시간이 흘렀다.

그런 와중에 앞에서 쓴 것처럼 2013년 말 국제 심포지엄에 참가해, 무라카미 하루키의 소설이 중국과 한국의 지식인들과 문학자들 사이에서 잘 읽히고 있지 않다는 사실을 알게 되었다. 대중에 영합한 젊은이 취향의 문학, 양질의 엔터테인먼트에 지나지 않는 것으로 여겨지고 있었다. 발언자들은 충분히 신뢰할 만하고 호감 가는 다이내믹한 소설가와 학자, 지식인이었다.

일본 역시 바로 얼마 전까지 유사한 상황이었으니 그들의 발언이 딱히 신선한 것은 아니었다. 그런데도 나는 충격을 받았다. 좋은 날이 오기를 기다리고 있었는데 하늘에서 큰 바람이 몰아친 것이다.

일본, 중국, 한국에 공통되는 동아시아 유교 문화권의 문학 의식, 문학을 이분하는 문학관, 거기에 돌을 던져주자. 나는 이런 첨예한 모티프가 이 책의 균형을 잡아주는 적합한 장치가 되어줄 것이라고 생각했다.

이 책에서는 무라카미 하루키가 지닌 문학가로서의 이미지를 새롭게 하려고 했다. 그가 메이지 시대 이후 일본 근대 문학의 전통을 잇고 있으며 그 최첨단에 있다는 것, 그 양상이 유교 문화권의 고답적인 시각으로는 커버할 수 없는 범위와 정도에 이른다는 것을 밝히는 것이 목표였다. 일본 근대 문학의 원동력인 '부정성'의 행로를 더듬는 것으로 시작한 것은 그 때문이다.

《양을 둘러싼 모험》, 《댄스 댄스 댄스》, 《국경의 남쪽, 태양의 서쪽》 등 개인적으로는 좋아하지만 챕터를 따로 만들어 언급하지 않은 작품도 있는데 당연히 이런 작품도 모두 시야에 담은 상태에서 논지를 이어갔다. 이 작품들에 대한 보다 깊은 언급과 고찰, 분석이 궁금한 사람들은 앞에서 말한 두 권의 졸저를 참고하기 바란다.

이 책에서 필요 이상으로 소설가의 작업을 비판적으로 바라본 부분도 있을지 모르겠다. 특히 끝부분에 그런 경향이 짙다.

그러나 이 소설가에게는 변변한 비평적 대응이 현저하게 부족하다. 달짝지근한 '순풍'에 질식할 것만 같은 작가이니 가끔은 이런 매정한 바람을 맞아보는 것도 나쁘지 않을 것이다. 상당히 터프하고 총명한 소설가이니 오히려 환영해주지 않을까? 호감을 품은 문예평론가인 나로서는 공평함을 기대하며 그렇게 생각해본다.

이미 비슷한 언급을 했는데, 가능하면 이 소설가가 앞으로도 계속 신봉자들의 울타리 밖으로 나가주었으면 한다. '상처 입기'를 바란다는 말까지는 하지 않겠지만, 상처 입기를 두려워하지 않기를 바란다. 자신을 지나치게 살살 다루지 않는 것도 소설가가 성장하기 위한 중요한 요건이다. 일본의 유능한 여러 소설가들—《색채가 없는 다자키 쓰쿠루와 그가 순례를 떠난 해》에 나오는 '나고야의 친구들'—과도 반드시 인터뷰가 아니라 대등하게 대화를 나누기를 바란다. 일본의 문학계와도 '화해'하기를 바란다. 어리석은 비평가들에게 조소를 받는 것도 좋을 것이다.

소설가란 어떤 사람일까?

늘 기지와 명랑함과 완고함을 잃지 않는다.

똑 부러지는 나약함도 족히 갖고 있다.

영악한 소설가도 있거니와 사람들 앞에 모습을 나타내지 않는 소설가도 있다.

그러나 한 가지는 말할 수 있다. 오에 겐자부로를 보라. 존 맥스웰 쿠체를 보라. 둘 다 만신창이가 아닌가. 이렇게 말하고 싶다. 좋아하는 소설가이기에 늘 이런 바람을 갖게 해주기를 원하는 것이라고.

가토 노리히로

버티기 혹은 밀어내기를 넘어서

나를 번역가의 길로 인도해준 첫 작품은 무라카미 하루키의 《세계의 끝과 하드보일드 원더랜드》(1992년 출간 당시의 제목은《일 각수의 꿈》)였다. 벌써 25년 전 일인데 작업 당시의 내 모습이 새 삼스레 눈앞에 아른거린다. 그때 내 옆에는 돌이 채 안 된 둘째 아이가 새근새근 잠자고 있었고, 세 살 난 첫째 아이는 치맛자 락을 펄럭이며 깡총거렸다. 나는 널찍한 교자상 앞에 앉아 원 고지에 만년필로 또박또박 써내려갔다. 하루의 작업이 끝나면 까만 잉크가 묻은 손바닥을 뿌듯하게 바라보곤 했다. 그렇게 쌓인 2,800매의 원고지를 보자기에 싸서 오른손에 들고 왼손 으로 첫째 아이의 손을 꼭 잡고 출판사를 찾았다.

오늘 아침 신문의 문화면은 무라카미 하루키의 신작 소식으로 장식되었다. 7년 만의 본격 장편《기사단장 죽이기》에 일본 열도가 떠들썩하단다. 해마다 노벨 문학상 수상자 후보로 거론되는 하루키의 소설은 이미 하루키라는 브랜드를 넘어 하루키만의 장르를 형성해나가고 있다. 1980년대 말에서 1990년대 초반, 우리나라에서 무라카미 하루키가 어떻게 소개되었고, 또 어떤 양상으로 퍼져나갔는지를 기억하는 나로서는 격세지감을 느끼지 않을 수 없다.

무라카미 하루키에 대한 글을 많이 쓰기로 정평이 난 일본 평론가의 이 책은 그 출발점이 1990년대 초중반의 우리나라에서 무라카미 하루키라는 소설가를 보는 시각과 딱 겹친다. 대중의 환호와 달리 소위 학자 등 고급한 지식층에게 '가벼이' 여겨진다는 시각 말이다. 더욱이 2013년에 와세다대학에서 개최된 국제 심포지엄에서 중국과 우리나라 참석자의 발언에 촉발되어 이 시각의 의미를 되새기게 되었다고 하니, 이 출발점에는 우리나라의 경우 하루키 수입의 선봉장에 섰던 사람들이 바로 당대의 젊은 소설가였다는 점이 빠져 있다고 지적해야 하겠다.

정치사회적으로 한 변곡점이었던 우리의 그 시대, 더불어 문화 쪽에서는 선택지가 폭발적으로 다양해졌다. 그 결과 기성세대의 가치관과 젊은 세대의 문화적 욕구 사이에 크나큰 간극과 괴리가 발생했다. 하루키의 소설이 바로 이것을 파고들었다면, '가벼이'로 대표되는 시각은 뒤집어 말하면 기성세대 쪽의 필연적인 '버티기 내지는 밀어내기'로 대변될 수 있다.

저자는 일본 문학사의 전통을 잇는 굵직한 작가들은 언제나 이 '버티기 내지는 밀어내기'의 뭇매를 맞으면서 '가벼이'라는 시각을 헤치고 나아가 그들의 새로움을 구가했다는 근거하에 무라카미 하루키 역시 일본 문학의 맥을 잇는 작가라고 말한다.《바람의 노래를 들어라》부터《여자 없는 남자들》까지 몇 가지 시대 구분과 키워드를 중심으로 통사적으로 훑고, 마지막에는 근년 들어 해마다 화제가 되고 있는 노벨 문학상 수상 가능성 여부까지 언급한다.

하지만 누가 버티고 밀어내고 가벼이 여기든 무라카미 하루키라는 소설가는 긴 세월 자기 발전을 통해 일본을 넘어 세계의 독자를 사로잡았다. 그의 노벨 문학상 수상을 염원하는 하루키스트들은 해마다 그 열기를 더해가고 있다. 이런 가운데 저자가 책 말미에서 예견했던 것처럼 7년 만의 대형 신작으로 우리 앞에 다시 나타났으니, 올 문학계는 또 하루키 열병으로 시끌시끌할 듯하다.

2017년 이른 봄날의 아침, 까치가 울고 갔다
김난주

무라카미 하루키는 어렵다

ⓒ 가토 노리히로

초판 1쇄 펴낸날 2017년 3월 20일

지은이 가토 노리히로
옮긴이 김난주
펴낸이 최만영
편집장 김일수
책임편집 김민정
디자인 최성수, 이이환
마케팅 박영준, 신희용
영업관리 김효순
제작 김용학, 강명주

펴낸곳 주식회사 한솔수북
출판등록 제2013-000276호
주소 03996 서울시 마포구 월드컵로 96 영훈빌딩 5층
전화 02-2001-5819(편집) 02-2001-5828(영업)
팩스 02-2060-0108
전자우편 chaekdam@gmail.com
책담 블로그 http://chaekdam.tistory.com
책담 페이스북 https://www.facebook.com/chaekdam

ISBN 979-11-7028-128-3 03830

* 무단 전재와 복제를 금합니다.
* 이 도서의 국립중앙도서관 출판예정도서목록(CIP)은 서지정보유통지원시스템 홈페이지
  (http://seoji.nl.go.kr)와 국가자료공동목록시스템(http://www.nl.go.kr/kolisnet)에서
  이용하실 수 있습니다.(CIP제어번호: CIP2017004928)
* 책담은 (주)한솔수북의 인문교양 임프린트입니다.
* 책값은 뒤표지에 있습니다.

책담 다른 내일을 만드는 상상